योग से अमरत्व – एक रहस्य

हरीश चन्द्र शर्मा

ISBN 979-8-89066-740-3

जिनकी कृपा एवं इच्छा से
इस पुस्तक की रचना हो पाई है,
उन "**माता वैष्णो देवी**" के
श्री चरणों में सादर समर्पित

अनुक्रमणिका

दो - शब्द

पुरातन ऋषियों ने हजारों लाखों वर्षों में जो ज्ञान अर्जित किया उसमें से अधिकतर को विदेशी शासकों तथा आक्रान्ताओं द्वारा हमारी संस्कृति को नष्ट करने के लिए जला दिया गया अथवा नष्ट कर दिया गया परन्तु पुरानी गुरु-शिष्य परंपरा के द्वारा गुरुओं से सुनकर कंठस्थ किया हुआ ज्ञान जो 'श्रुति' कहलाता है को दुबारा उपनिषदों, पुराणों एवं वेदों के रूप में लिखित कर के तो कुछ ज्ञान उपलब्ध है वह भी इस पुरी दुनिया में अनूठा है क्योंकि वह ज्ञान अन्यत्र कहीं उपलब्ध नहीं है।

क्योंकि वह ज्ञान शिष्यों को कंठस्थ कराया जाना था अतः उसे सूक्ष्म रूप में एवं गूढ़ भाषा में परिवर्तित कर दिया गया। क्योंकि इसमें अधिकतर Symbolic रूप जिसे ऋषियों ने लिंग (Symbol) रूप कहा है वह काव्य रूप में कहा गया है जिसे समझने के लिए किसी ज्ञानी गुरु अथवा स्वयं अर्जित ज्ञान की आवश्यकता है। उन श्लोकों का सामान्य अर्थ बड़ा साधारण और सरल मालूम पड़ता है, परन्तु उस सब में छिपा हुआ गूढ़ अर्थ ही वास्तविक ज्ञान है जो हमारे आधुनिक वैज्ञानिक ज्ञान से बहुत आगे है।

प्रस्तुत पुस्तक में मेरा अपना ज्ञान लेश मात्र भी नहीं है। जो कुछ भी ज्ञान है वह सब पुराने ऋषियों का ज्ञान है जो मुझे कुछ पुराणों एवं उपनिषदों से प्राप्त हुआ है। मैंने जो केवल उसे आधुनिक वैज्ञानिक रूप में समझाने का प्रयत्न मात्र किया है, जिससे कि नई पीढ़ी की उस ज्ञान में जिज्ञासा उत्पन्न हो एवं नई पीढ़ी द्वारा उसमें शोध कर विश्व के अन्य वैज्ञानिकों से आगे निकलने की प्रतिस्पर्धा जाग्रत हो।

संक्षिप्त मार्कण्डेय-ब्रह्म पुराणों के श्री दुर्गा सप्तशती भाग के 'प्राधानिकं रहस्यम्' के पच्चीस वे श्लोक को जब मैंने पढ़ा तो ऋषियों द्वारा लिखे गए ज्ञान की गूढ़ (गुप्त) भाषा का पता चला। श्लोक यह है-

एवं युवतः सद्यः पुरूषत्वं प्रपेदिरे

चक्षुष्पन्तो नु पश्यन्ति नेतरेऽतद्विदो जनाः।। 25।।

जिसका अर्थ दिया हुआ है-

"इस प्रकार तीनों युवतियाँ ही तत्काल पुरुष रूप को प्राप्त हुई। इस बात को ज्ञान नेत्र वाले लोग ही समझ सकते हैं। दूसरे अज्ञानी जन इस रहस्य को नहीं जान सकते।"

इससे स्पष्ट पता चल रहा है कि जो कुछ लिखा गया है उसका वास्तविक अर्थ कुछ और ही है। सब कुछ सांकेतिक रूप में एक कहानी (कथा) बनाकर लिखा गया है।

मेरी तुच्छ बुद्धि ने इसे इस प्रकार समझा किये सब वास्तविक स्त्री, पुरुष न होकर देवता थे। देवताओं के बारे में मैं ने कल्पना की है कि ये सब विभिन्न प्रकार के तरंग-कणों के समूहों (क्वान्टम) के संयोजित रूप हैं। जिनके संयोजनों (Combinations) में कुछ फेर बदल कर के उनके रूप एवं गुण बदले गए।

ऐसा सोचने का कारण दुर्गा सप्ततशती के द्वितीय अध्याय में वर्णित तीन ने नेत्रों वाली एवं चन्द्रमा का मुकुट धारण करने वाली सिंह वाहिनी देवी जगदम्बा के प्राकट्य के वर्णन को पढ़कर हुआ जिसमें लिखा है कि विभिन्न देवताओं के तेज एकत्रित (Combine) कर के एक महा तेजस्वी देवी का निर्माण (प्रादुर्भाव) हुआ जिसने दैत्यों (विषाणु या Virus) महिसासुर इत्यादि का संहार किया।

इन महातेजस्वी देवी ने अपने कई विभिन्न रूप धारण किए जिन्होंने अनको विभिन्न दैत्यों का संहार किया। इन देवियों (ऋषि मार्कन्डेय ने उन्हें भी देवता ही कहा है।) के वर्णन में इनके प्राकृतिक स्वरूप (Original) तथा इनके विकृत रूप (Changed) तथा इनके आकृति (Shape) जिसे ऋषि ने 'मूर्ति' कहा है, इन्हें व्यक्त-अव्यक्त सूक्ष्म तथा स्थूल तथा दृष्य एवं अदृष्य कहा है तथा उनकी सर्वव्यापकता का वर्णन किया है। इस वर्णन में कई देवताओं (देवियों) के मुखों या शीशों की संख्या, भुजाओं की संख्या तथा पैरो की संख्या भी सामान्य से कई गुना अधिक जैसे दस मुखों, तीस नेत्रों, अठारह भुजाओं एवं इस पैरो वाली देवी का वर्णन भी ऋषि ने किया है जिसे हम कपोल कल्पित मानव रूप न मान कर वायरस तथा एन्टी वायरस (मनुष्यों को बीमारियों से बचाने वाले अच्छे बैक्टेरिया) मानकर चलें और उन्हें वैज्ञानिक रूप से समझने की कोशिश करें तो पुराणों में ऋषियों द्वारा वर्णित सभी कथाएं सही तथा असीम ज्ञान को श्रोत प्रतीत होती हैं।

मैंने देवताओं के स्वरूप को उसी वैज्ञानिक तरीके से समझाने का प्रयत्न किया है। विवादों से बचने के लिए इस पुस्तक को एक काल्पनिक कथा (फंतासी) का

रूप दिया गया है। इस पुस्तक का किसी धर्म या सम्प्रदाय से को सम्बन्ध नहीं है। इसमें केवल भारतीय प्राचीन ज्ञान जो योग, परा एवं अपरा विद्याओं के रूप में वर्णित है को मैंने अपनी तुच्छ बुद्धि द्वारा संक्षेप में समझाने का प्रयत्न किया है क्योंकि कलेवर (Size) बढ़ जाने से पुस्तक का मूल्य बढ़ जाता है और वह सामान्य जन की पहुँच से बाहर हो जाती है। इस ज्ञान का दुरुपयोग न हो इसलिए भाषा कहीं-कहीं क्लिष्ठ हो गई है एवं निहितार्थ वास्तविक शब्दों से कुछ अलग ही हैं। परन्तु आशा है कि ज्ञानी जन उसको समझ जाएंगे और मुझे क्षमा कर देंगे।

इस पुस्तक के लिखने में मुझे जिन मित्रों, परिजनों एवं रिश्तेदारों का सहयोग एवं प्रोत्साहन प्राप्त हुआ है। उन सभी का मैं अत्यन्त आभारी हूँ। विशेष तौर पर ऋषि कुमार, स्वर्गीय श्री राजीव जी, आभा, विभा, हरवेन्द्र कुमार, वैभव, निधि, अनुराग शर्मा एवं अनिता, कबीर, सुदीप्त एवं माधव का मैं अत्यंत आभारी हूँ जिन्होंने प्रयत्न करके पुराने ग्रन्थ, पुराण एवं उपनिषद् इत्यादि उपलब्ध कराए एवं मुझे लिखते रहने के लिए लगातार प्रोत्साहित करते रहे। आपके सुझाव सादर आमन्त्रित हैं।

धन्यवाद

हरीश चन्द्र शर्मा

ग्वालियर

पूर्व कथा

इससे पहली पुस्तक 'यती एक रहस्य' में आपने पढ़ा था - एक अमेरिकन वैज्ञानिक मिस्टर विल्सन अपने एक साथी ब्रिटिश वैज्ञानिक मिस्टर विल्सन अपने एक साथी ब्रिटिश वैज्ञानिक मिस्टर वार्ड के साथ एक हवाई यात्रा के दौरान हिमालय पर्वत पर एक वायुयान-दुर्घटना के शिकार हो गए परन्तु, किसी अज्ञात शक्ति द्वारा सभी यात्रियों को उठाकर एक सुरक्षित स्थान तक पहुंचा दिया गया। वे उस अदृश्य शक्ति की खोज में कई दिन पहाड़ों पर भटके। अन्त में एक गाइड द्वारा उन्हें ज्ञात हुआ कि वह शक्ति और कोई नहीं वरन् श्री हनुमान जी ही हैं जिनकी प्रतिमा मन्दिर में उनको दिखलाई गई। मन्दिर में एक वयोवृह स्कॉट लैन्ड से आए हुए एक हनुमान भक्त द्वारा उन्हें श्री हनुमान जी का पूरा जीवन चरित्र ज्ञात हुआ और यह भी ज्ञात हुआ कि श्री हनुमान ही अजर-अमर हैं और आज भी गन्धमादन पर्वत पर निवास करते हैं। यह जान कर उनकी शोधकर्ता बुद्धि ने उन्हें दोबारा भारत आने को विवश कर दिया। इस बार वे एक पर्वतारोही दल का सदस्य बन कर एक शेरपा के साथ पैदल ही हिमालय पर्वत पर चढ़ रहे थे। तभी एक बर्फ के तूफान में फँस कर उनका शरीर नीचे खाई में गिरा। परन्तु उन्होंने यह अनुभव किया कि उनको किसी के द्वारा बचा लिया गया है और एक कन्दरा (गुफा) में ले जाया गया है, जहाँ उनका श्री हनुमान जी से साक्षात्कार और वार्तालाप हुआ। अब आगे की घटनाओं की कथा पढ़िये-

अध्याय-1

काक - नृत्य

उसके पहले की कथा जानने के लिए लेखक द्वारा रचित इस तीन किताबों की श्रृंखला (Triology) की प्रथम पुस्तक 'यती-एक रहस्य' अवश्य पढ़ें, जो Nation Press द्वारा प्रकाशित है, एवं Amazon पर उपलब्ध है। अब पढ़िये उसके आगे की कथा 'योग से अमरत्व- एक रहस्य' में।

मिस्टर विल्सन अब अपने आप को किसी दूसरी दुनिया में महसूस कर रहे थे। उनको अपना शरीर बहुत हल्का एवं हवा में उतराता (तैरता, Floating) हुआ महसूस हो रहा था। वे समझ नहीं पा रहे थे कि ऐसा किस कारण से हो रहा है। उन्होंने यती महाराज श्री हनुमान ही से पूछा-

"क्या आपके अलावा और भी कोई अमर है? यदि है तो उनकी आयु कितनी है?"

"हाँ, श्री सदाशिव जिन्हें 'अमरनाथ' कहा जाता है वो, श्री नारद मुनि, श्री काक भुशुन्ड जी एवं अश्वत्थामा इत्यादि कई व्यक्ति अमर कहे जाते हैं", श्री हनुमान जी ने उत्तर दिया

'श्री विल्सन ने फिर कहा- "मैं इनमें से किसी एक से मिलना चाहता हूँ एवं उनके अमर होने के रहस्य के बारे में जानना चाहता हूँ। यदि संभव हो तो कृपया मुझे किसी से मिलवाने का कष्ट करें।

'श्री हनुमान जी ने समस्या का समाधान करते हुए कहा-

"यहाँ हिमालय पर्वत श्रृंखला में निकट ही नील-पर्वत पर श्री काक भुशुन्ड जी निवास करते हैं, वे हर समय सहज उपलब्ध हैं तथा आगन्तुकों का स्वागत करते हैं। हम उनके पास इस समय ही जा सकते हैं।"

मिस्टर विल्सन ने फिर पूछा- "ये काक भुशुन्ड जी कौन हैं? यहाँ पर कब से रहते हैं और क्या करते हैं?

श्री हनुमान जी ने बड़ी शांति से उन्हें समझाते हुए कहा-

"श्री काक भुशुन्ड जी का वास्तविक नाम "वायरसराज भुशुन्ड" है। योग के द्वारा उन्होंने अपने शरीर का 'कायाकल्प' कर रखा है अतः वे हमेशा युवा बने रहते हैं। वे एक अन्तरिक्ष वैज्ञानिक हैं तथा हमारी आकाश गंगा में स्थित पृथ्वी जैसे चौदह ग्रहों जिन्हें चौदह भुवन कहा जाता है, की यात्रा कर चुके हैं। वे मेरे व श्री रामजी के सहपाठी हैं। वे अनन्य राम भक्त हैं, तथा प्रत्येक कल्प में त्रेतायुग में जब-जब श्रीराम जी अयोध्या में अवतार लेते हैं तो उनकी बाल-लीलाओं का आनंद लेने एवं उनके सानिध्य में कुछ समय बिताने वे अयोध्या में जाकर निवास करते हैं। कई कल्पों से उनका यही क्रम चला आ रहा है।

यहाँ नील पर्वत पर उनकी प्रयोगशाला एवं कार्यशाला है। समय के अनुसार अपने अंतरिक्ष-यान में सुधार कर-कर के वे बार-बार अन्तरिक्ष की यात्राएं करते रहते हैं, तथा जब यहाँ अपने आश्रम में होते हैं तो श्रद्धालुओं को श्री राम-कथा सुनाकर कृतार्थ करते हैं।"

यह कहकर श्री हनुमान जी ने उनके हाथ का स्पर्श किया जिससे एक क्षण को उनकी आंखें बंद हुई और अगले ही पल अपनी आंखें खुलते ही उन्होंने श्री हनुमान जी के साथ अपने को श्री काक-भुशुन्ड जी के आश्रम में पाया। श्री काक-भुशुन्ड जी उस समय श्रद्धालुओं को श्री रामजी की बाल-लीलाओं का वर्णन सुना रहे थे। उनके नेत्र बंद थे तथा उनसे आंसू बह रहे थे। वे इतने भाव विभोर थे कि उन्हें श्री हनुमान जी तथा मिस्टर विल्सन के आने का पता ही नहीं चला। वे दोनों श्रोताओं के पीछे बैठकर राम-कथा सुनने लगे। मिस्टर विल्सन को आश्चर्य हो रहा था कि वे उनकी कही हुई सभी बातें अच्छी तरह समझ रहे हैं। सभी श्रोता भी भाव-विभोर हो कर कथा सुन रहे थे। उन्हें भी अपने आस-पास कोई ध्यान नहीं था।

थोड़ी देर बाद जब कथा समाप्त हुई और सभी श्रोता उठकर चले गए तब श्री काक-भुशुन्ड जी ने श्री हनुमान जी और मिस्टर विल्सन को देखा। वे तुरन्त उठकर आए तथा श्री हनुमान जी से गले मिले, फिर पूछा-

"कहो 'गरुड़' कैसे हो? ये मेरे अतिथि-आगन्तुक कौन हैं? कृपया उनका परिचय दीजिए। आप दोनों का इस आश्रम में स्वागत है। आपको अपने आश्रम में आया देखकर मुझे बहुत प्रसन्नता हो रही है। मुझको सेवा का अवसर देकर आपने मेरे ऊपर बड़ी कृपा की है। कृपया बैठिये और यहाँ तक कष्ट करने का कारण बतलाइये, जिससे मैं आपकी कुछ सेवा कर सकूँ।"

यह कह कर वे उनके जलपान इत्यादि की व्यवस्था करने अन्दर चले गए। तब मिस्टर विल्सन ने पूछा-

"उन्होंने आपको गरुड़ क्यों कहा? और इनका नाम आपने 'वायरसराज' बतलाया तो फिर इन्हें काक-भुशुन्ड क्यों कहते हैं?"

श्री हनुमानजी ने मुस्करा कर कहा-

"इसकी भी एक लम्बी कहानी है। सुनो-

वायरसराज भुशुन्ड के पिता 'श्री कलराज भुशुन्ड' थे जो महाराज दशरथ के दरबार में राजनैतिक सलाहकार थे। सभी मंत्रियों, वरिष्ठ दरबारियों के बच्चे तथा मैं भी महाराज दशरथ के चारों राजकुमारों के साथ गुरु वशिष्ठ के आश्रम में विद्या-अध्ययन करते थे। एक बार गुरु वशिष्ठ ने हम विद्यार्थियों को पक्षियों का ज्ञान कराने तथा नृत्य एवं नाट्य की शिक्षा देने के लिए 'पक्षी दरबार' नामक नृत्य-नाटिका का आयोजन किया जो महाराज दशरथ के सामने भरे दरबार में होना था। उसमें श्रीराम को पक्षी-राज 'मयूर' की भूमिका निभानी थी। भैया भरत को 'हंस' भैया लक्ष्मण को 'बाज' भैया शत्रुघन को 'गृद्ध', मुझको 'गरुड़' वायरसराज को 'कौवे' अर्थात 'काक' तथा लम्बी नाक वाले नागेश को 'तोते' अर्थात 'शुक' की भूमिका दी गई। सभी बच्चों को पक्षियों की वेशभूषा में बारी-बारी से नृत्य करना था।

वायरसराज श्याम-वर्ण के सुगठित एवं सुन्दर शरीर वाले बुद्धिमान एवं हँसमुख बालक थे। नृत्य-नाटिका में उनका नाम "काक" (कौवा) रखा गया था, एवं उनकी पूरी पोशाक एक कौवे के शरीर के समान बनाई गई थी। पीछे एक काली लम्बी पूँछ, आगे एक काली मोटी चोंच, बाँहों पर बड़े काले पंख बाँध दिए गए थे एवं शरीर को गोल-मटोल आकार दिया गया था।

जब उनकी नृत्य की बारी आई तो उन्होंने बहुत ही हास्य-पूर्ण ढंग से गोल चक्कर लगाते हुए लगाते पंख फैलाकर तथा उछल-उछल कर, मुख से काँव-काँव की आवाज निकालते हुए लगभग आधे घंटे तक इतना सुन्दर, मनोरंजक हास्यपूर्ण एवं आल्हाद-कारी 'का-नृत्य' प्रस्तुत किया कि सभी दरबारी एवं महाराज दशरथ स्वयं हंसते-हंसते लोट-पोट हो गए, और उन्होंने उसी समय अपने गले से एक मणिमाला उतार कर 'वायरसराज' को पुरस्कार में दी। गुरु वशिष्ठ जी ने भी नाट्य कला का प्रथम पुरस्कार वायरसराज को ही प्रदान किया।

तभी से सभी मित्रों एवं अन्य दरबारियों ने भी वायरसराज भुशुन्ड का नाम 'काक-भुशुन्ड' रख दिया, और सभी उन्हें इसी नाम से पुकारने लगे। मैंने क्योंकि

गरुड़ का अभिनय किया था अतः सभी सहपाठी मित्र मुझे 'गरुड़' तथा नागेश को 'शुक' कहने लगे, क्योंकि उसने तोते का अभिनय किया था। तभी से ये मुझे 'गरुड़' तथा मैं इन्हें 'काक-भुशुन्ड' कहता हूँ।

श्री काक-भुशुन्ड भी अमर हैं तथा महान राम-भक्त हैं। हर कल्प में त्रेतायुग में जब 'श्रीराम' जन्म लेते हैं तो ये अयोध्या जाकर उनके बचपन की लीलाओं का आनन्द लेते हैं तथा कुछ समय उनके सानिध्य में बिताते हैं। उस समय ये कौवे का रूप बना कर 'काक-नृत्य' कर के श्रीराम जी का मनोरंजन करते हैं। अनेक कल्पों से इनका यही कार्य-क्रम रहता है। बीच के समय में अपने अंतरिक्ष-यान से दूसरे भुवनों की यात्रा करते रहते हैं। ये अपनी आकाश गंगा में स्थित चौदहों भुवनों की, जहाँ मनुष्य रहते हैं, यात्रा कर चुके हैं।

वे लोग अभी ये बात कर रहे थे कि काक-भुशुन्ड जी एक सेवक के साथ कुछ फल एवं जल लेकर आ गए एवं इनसे खाने की प्रार्थना की।

जल-पान के बाद श्री भुशुन्ड जी ने कहा-

"हे गरुड़! अब मेरे अतिथि का परिचय एवं यहाँ आने का प्रयोजन मुझे बतलाओ!"

श्री हनुमान जी ने कहा-

"ये एक विदेशी वैज्ञानिक हैं। तथा आपसे, अपनी कुछ जिज्ञासाओं का उत्तर जानना चाहते हैं।"

श्री काक-भुशुन्ड जी ने मिस्टर विल्सन से कहा-

"यद्यपि मेरा ज्ञान बहुत सीमित (थोड़ा) ही है फिर भी मैं आपकी जिज्ञासाओं का समाधान करने का पूर्ण प्रयत्न कहूँगा। पूछिये आप क्या जानना चाहते हैं?"

मिस्टर विल्सन ने विनीत भाव से पूछा-

"मुझे बतलाया गया है कि अपने हमारी आकाश-गंगा में स्थित पृथ्वी जैसे चौदह ग्रहों, जिन्हें भुवन कहा जाता है की यात्रा की है। उनके नाम क्या है? क्या उनमें भी हमारे जैसे ही मनुष्य तथा पशु पक्षी एवं वनस्पति इत्यादि हैं। वहाँ के मनुष्य कैसे है? कृपया बतलाने का कष्ट करें।"

श्री भुशुन्ड ने उत्तर दिया-

"हाँ मैं अपने इस अंतरिक्ष यान से चौदहों भुवनों में हो आया हूँ। उन चौदह भुवनों के नाम हैं- सत्यलोक, ब्रह्मलोक, तपलोक, जनलोक, महलोक, स्वर्गलोक तथा भुवलोक ये सातों लोक हमारी पृथ्वी या भूलोक से ऊपर स्थित हैं तथा सात लोक नीचे स्थित हैं जिनके नाम-अतल-वितल, सुतल, तलातल, महातल, रसातल तथा पाताल हैं। इन सबसे ऊपर परमधाम है जहाँ तक मेरी गति नहीं है। वास्तव में वहाँ पहुँच कर कोई वापस नहीं आता।

ठन सभी चौदहों भुवनों में वातावरण, ताप, वर्षा, पेड़-पौधे, मरूस्थल, पर्वत, बर्फ तथा ठंडक एवं नदियाँ तथा समुन्द्र इत्यादि हमारी पृथ्वी के अलग-अलग भागों जैसे हैं। सभी जगहों के मनुष्यों की शरीर की रचना एवं अंग एक से हैं, परन्तु उनके आकार, प्रकार, रंग, रूप, बाल, नाक, आँखें, ऊँचाई, भार तथा स्वभाव सभी भिन्न-भिन्न है। परम धाम को छोड़कर अन्य सभी चौदह भुवन हमारे ही काल चक्र में स्थित हैं। अतः सभी भुवनो में उनके काल-चक्र के अनुसार अलग-अलग समय पर विकास उत्थान, पतन एवं अवसान की क्रियायें चलती रहती हैं। विकास एवं उत्थान के समय जो कि प्रत्येक भुवन में अलग समय पर होता है, वहाँ के प्राणियों की बुद्धि, विज्ञान, तकनीकी तथा अन्तरिक्ष विज्ञान चरम पर होता है तब वे दूसरे भुवनों की यात्राएं करते हैं तथा अपने कुछ मनुष्यों (स्त्री-पुरुषों) एवं कुछ अन्य प्राणियों के वहाँ छोड़ आते हैं। इसी क्रम में हमारी पृथ्वी पर उन चौदह भुवनो से आए हुए चौदह नस्लों के मनुष्य विभिन्न स्थानों में रह रहे हैं, जिनके रंग, रूप, स्वभाव, खान-पान, रहन-सहन इत्यादि सभी कुछ एक दूसरे से सर्वथा भिन्न हैं परन्तु दो हाथ, दो पैर, दो आँखें, दो कान, नाक, मुंह, दाँत इत्यादि संख्या में तथा बनावट में एक से होते हुए भी भिन्न हैं। उनके रक्त एक से होते हुए भी भिन्न हैं।

सभी भुवनों में, मैं अलक-अलग काल-खंडों में गया। काल चक्र एक ही होने के कारण यहाँ से कुछ पहले या बाद में सारी घटनाएं सभी भुवनों में एक सी ही होती है। श्री राम के बाल्यकाल के समय उनकी बाल लीलाओं का आनन्द लेने के लिए उचित समय पर मैं प्रत्येक भुवन में गया, हर भुवन में राजा दशऋत, रानी कौशल्या, सुमित्रा, कैकयी इत्यादि सभी अलग-अलग थे परन्तु श्री राम सभी भुवनों में एक से ही थे क्योंकि वे परम धाम से भुवनों में आकर अवतार लेते हैं उनकी देह चिन्मय होती है तथा वापस वही जाते हैं वे अपनी इच्छा से ही मनुष्यों को आदर्श पुरुष बनने की प्रेरणा देने के लिए सभी भुवनों में मनुष्य देह धारण कर के मनुष्य का अभिनय करते हैं। वे मनुष्यों को हानि-लाभ, हर्ष-विषाद, संयोग-वियोग एवं जय-पराजय तथा मान-अपमान सब में समान मनः स्थिति बनाए रखने तथा पुलकित अथवा विचलित न होने की शिक्षा देते हैं।

अध्याय-2
तपस्वी का शाप

"मैं पुनर्जन्म के सिद्धांत पर बिल्कुल भी विश्वास नहीं करता।"

मृगराज ने पूरे जो से अपना पक्ष रखा।

"किसी के विश्वास करने या न करने से वास्तविकता तो नहीं बदलती।

यूं तो कुछ अयोग्य ज्योतिषियों के द्वारा लोगों के ठगे जाने के कारण कई लोग ज्योतिष पर भी विश्वास नहीं करते। परन्तु 'हाथ कंगन को आरसी क्या?' यदि तुम चमत्कार देखना चाहो तो अभी मुझे अपना हाथ दिखाओ और पिछले जन्म से लेकर इस जन्म में आज तक का अपना हाल मुझ से अभी सुन लो। यदि तुम्हें मेरी बातें सच जान पड़े तो अपने इस जन्म के भविष्य और आगे होने वाले तुम्हारे अगले जन्म के बारे में भी पूछ लेना। परन्तु वो सब मैं यहाँ रेलगाड़ी में नहीं, अपने घर पर ही बताऊंगा क्योंकि उसके लिए काफी समय और परिश्रम की आवश्यकता होती है। अतः मुझ से समय ले कर और उचित पारिश्रमिक देकर ही कुछ जान सकोगे"।

पंडितजी ने पूरे विश्वास के साथ मृगराज की आंखों में देखकर कहा। रेलगाड़ी पुरी रफ्तार से चली जा रही थी। अभी-अभी 'आगरा' से रेलगाड़ी चली थी और उत्तर प्रदेश से निकल कर राजस्थान में प्रविष्ठ हुई थी। 'धौलपुर' स्टेशन आने वाला था, परन्तु यह रेलगाड़ी वहां रुकने वाली नहीं थी। रात्रि के लगभग दस बजे थे। पूर्णिमा का चन्द्र, चांदनी की अमृत वर्षा कर रहा था। मृगराज ने खिड़की का पर्दा सरका कर बाहर देखने की कोशिश की। बाहर चांदनी में चम्बल नदी के खादर, मिट्टी के ऊँचे- ऊँचे टीलों की शक्ल में रेलवे लाइन के दोनों ओर लगभग एक किलोमीटर तक चम्बल नदी के दोनों ओर फैले हुए थे जिनमें मनुष्य तो क्या जीव-जन्तु एवं पशु-पक्षियों तक का नामों निशान न था। चम्बल का पुल पार करने पर नदी के दूसरी ओर रेलवे लाइन से दूर एक पुराने किले के खंडहर भी दिख रहे थे।

इस समय 'मृगराज' एवं पंडित जी रेलगाड़ी के सेकन्ड ए.सी. कोच में नीचे की आमने-सामने की बर्थों पर यात्रा कर रहे थे। 'मृगराज' लगभग पच्चीस वर्ष का, छः फिट का स्वस्थ नव युवक था जो अपनी पहली नौकरी ज्वॉइन करने के लिए मुंबई जा रहा था और पंडित जी लगभग सत्तर वर्ष के सामान्य कद काठी के गोरे एवं तेजस्वी तथा प्रभावशाली व्यक्तित्व एवं सौम्य आंखों वाले वृद्ध थे जो अपने किसी यजमान के यहां यज्ञ करने के लिए बुलाए जाने पर मुंबई जा रहे थे। वे हरिद्वार में निवास करते थे परंतु इस रेलगाड़ी में दिल्ली से ही सवार हुए थे।

सफर में समय काटने के लिए की गई बातों के दौरान यह ज्ञात होने पर कि पंडित जी त्रिकालदर्शी (किसी व्यक्ति के पिछले जन्मो का हाल, वर्तमान एवं भविष्य के जन्म का हाल जानने वाले को त्रिकालदर्शी कहा जाता है।) हैं और हाथ देखकर, माथे की रेखाएं देखकर अथवा जन्म कुन्डली देखकर, वे भूत, भविष्य एवं वर्तमान के बारे में बहुत कुछ बता सकते हैं, यह बहस छिड़ी हुई थी। अन्त में पंडित जी ने कहा-

"अभी तुम सो जाओ, हौर मेरी प्रेरणा से आज तुम्हें स्वप्न में ही पिछले किसी एक जन्म की कुछ विशेष घटनाओं के बारे में पता लग जाएगा। सुबह तक स्वप्नों को याद रखने का प्रयत्न करना और मुझे बताना। यह कहकर पंडित जी ने अपनी आंखें बंद कर कोई मंत्र बुदबुदाया फिर आंखें खोल कर तीव्र दृष्टि से मृगराज की ओर एक क्षण को देखा तथा मुंह फेर कर अपने काम में लग गए और सोने की तैयारी करने लगे।"

मृगराज को तुरंत ही नींद आने लगी और वह मुंह फेर कर कम्बल ओढ़ कर सो गया। उसे गहरी नींद आ गई और वह स्वप्न की दुनिया में खो गया। उसने स्वप्न में देखा-

"वह चम्बल नदी के किनारे बसे हुए एक नगर धवलपुर में स्थित एक बड़े राज महल में है। वह महाराज धवल सिंह (जिन्होंने यह नगर बसाया था) की पाँचवीं पीढ़ी का युवराज है। उसका नाम प्रबल सिंह तथा उसके पिता का नाम महाराज नवल सिंह है तथा दादा का नाम सुबल सिंह उसे बतलाया गया है। उनका राज्य चम्बल नदी के दोनों ओर दूर-दूर तक फैला हुआ है। उसकी उम्र लगभग पच्चीस वर्ष है। उसकी पत्नी का नाम हेमलता है। उसका एक छोटा भाई भी है जिसकी उम्र उससे एक वर्ष कम है उसका नाम अतिबल सिंह है, वह राज्य की सेना का सेनापति है तथा अपनी पत्नी के साथ किले में बने महल में जहां उनके पिता

निवास करते हैं वहीं रहता है। किला नदी के निकट की एक ऊँची पहाड़ी पर बनाया गया है। जिसके परकोटे पर बड़ी-बड़ी तोपें लगाई गई हैं।

धवलपुर नगर चम्बल नदी के दोनों किनारों पर बसा हुआ है जिसमें चौड़े राजमार्ग जिनके दोनों ओर छाया दार वृक्ष लगे हुए हैं, ऊँची अट्टालिकाएं, सुंदर बाग-बगीचे बड़ा औषधालय एवं विघालय इत्यादि सभी सुविधाएं हैं। नदी के किनारे होने के कारण यह एक बड़ा व्यापारिक केंद्र है आसपास के सभी राज्यों के बड़े नगरों से जलमार्ग एवं सड़क मार्ग से जुड़ा हुआ है। व्यापारी एवं आम-जन सभी सुखी एवं संतुष्ट हैं। राजा न्याय प्रिय एवं अनुशासन प्रिय है। प्रजा उसे बहुत चाहती है।

तभी एक घटना का पता राजा को चलता है कि उसके किसी बड़े कर्मचारी द्वारा किसी बाहर से आए हुए तपस्वी (प्रभु के भक्त) का अकारण अपमान कर दिया है और तपस्वी क्रोधित होकर शीघ्र की पूरे नगर के नष्ट होने तथा नगर का नामों निशान मिट जाने का शृाप देकर तुरन्त ही नगर छोड़कर चला गया है। पता चलते ही महाराज नवल सिंह अपने चार अंग-रक्षकों के साथ घोड़े पर बैठ कर उसकी खोज में चल पड़े। लगभग बीस किलोमीटर उत्तर की ओर चलने पर एक गांव के बाहर एक घने पेड़ के नीचे उन्हें एक तपस्वी संत प्रभु के भजन में लीन आंखें बंद किए बैठा दिखाई दिया। वे घोड़े से उतर कर उसके निकट पहुंचे और उसके सामने बैठकर उसके आंखें खोलने का इंतजार करने लगे।

शाम का समय था। पक्षी अपने नीड़ों (घोसलों) की ओर लौट रहे थे। अंधेरा होने में लगभग एक घंटा बाकी था। राजा को चिंता हो रही थी उसे वापस धवलपुर लौटना था। वह बहुत ही बेसब्री से तपस्वी की आंखों की ओर देख रहा था। लगभग दस मिनट बाद तपस्वी ने आंखें खोली तो राजा ने उन्हें प्रणाम किया तथा अपना परिचय दिया और कहा-

"मेरे मूर्ख कर्मचारी ने जो आपका अपमान किया मैं उसके लिए आपसे क्षमा प्रार्थना करजा हूं। एक कर्मचारी की सजा पूरे नगर को मत दीजिये, जिसमें हजारों निर्दोष लोग रजते हैं। कृाया बतलाइये कि मैं ऐसा क्या करूं कि आपका क्रोध शान्त हो जाए और नगर नष्ट होने से बच जाए।"

तपस्वी ने उत्तर दिया-

"राजन! मुझे कोई क्रोध न तब था, न अब है। मैंने अपनी समस्त इन्द्रियों एवं मन को वश में करके क्रोध, काम (कामना या इच्छा) इत्यादि पर विजय प्राप्त कर ली है। अतः मैं न कोई सम्मान या मान की इच्छा करता हूं और न अपमान से मेरे

ऊपर कोई असर पड़ता है। क्योंकि मान अपमान तो इस शरीर का होता है, आत्मा तथा परमात्मा जो मान अपमान से बहुत ऊपर है और मैं परमात्मा की भक्ति में लीन एक आत्मा मात्र हूं। अतः आप कोई सोच मत कीजिए, मेरा कोई अपमान नहीं हुआ है और मेरे प्रभु के अतिरिक्त कोई अन्य मेरा मान अपमान कर भी नहीं सकता। वास्तव में बात यह है कि अधिकतर घटनाओं के घटित होने के कुछ समय पहले ही मुझे उनके होने का आभास हो जाता है, और मैं लोगों की जान-माल की रक्षा के लिए उन्हें चेतावनी भी देता हूं। इसी प्रकार की चेतावनी तुम्हारे कर्मचारी के माध्यम से तुम्हारे नगर वासियों को मैंने दी है। समय बहुत कम बचा है, आज रात्रि के दूसरे प्रहर में ही भूकंप, झंझावात (तूफान) तथा भयानक वर्षा के कारण नदी में अचानक बाढ़ आने के कारण नगर को बहुत बड़ी हानि हो सकती है। अतः तुम शीघ्र जाकर नगर वासियों को नदी से दूर की पहाड़ियों एवं ऊँचे स्थानों पर भेजने का प्रयत्न करो। तुम्हारा किला एवं सैनिकों इत्यादि को बहुत कम हानि होगी अतः उसकी चिंता मत करना अब तुम शीघ्र यहां से चल दो।"

अभी अंधेरा होने में लगभग आधा घंट बाकी था और राजा एवं अंगरक्षकों के घोड़े बहुत स्वस्थ एवं शीघ्रगामी थे, अतः उन्होंने तुरंत धवलपुर की ओर कूच कर दिया। अभी वे लगभग आधा रास्ता ही तय कर पाए होंगे कि बहुत तेज आंधी और तूफान के साथ तेज मूसलाधार बारिश प्रारंभ हो गई। चारों घोर अंधकार छा गया। पेड़ उखड़ कर गिरने लगे। रास्ता अब कीचड़ पानी तथा जगह-जगह पेड़ों के गिरने के कारण अवरूद्ध हो गया। अंधेरे में टूटे पेड़ों की वजह से उन्हें मार्ग से हटकर चलना पड़ रहा था। इसी क्रम में अंधेरे में जंगल में वे रास्ता भटक गए। जंगल में सब जगह कीचड़, पानी एवं टूटे वृक्षों के कारण एवं घने काले बादलों से भरे आकाश में तारों के न होने के कारण उन्हें दिशा-भ्रम हो गया और वे दूसरी दिशा की ओर बढ़ने लगे।

अध्याय-3

भक्ति योग, कर्म योग तथा राजयोग

मिस्टर विल्सन ने कहा-

"ऋषिवर, कृपया मुझे योग के बारे में भी कुछ बतलाने की कृपा करें।"

ऋषि काक भुशुन्ड जी ने उत्तर दिया-

"सरल भाषा में योग के माने (अर्थ) है जोड़ या जुड़ाव। अर्थात ईश्वर या परब्रह्म से जुड़ने की क्रिया को ही योग कहा जाता है।"

मिस्टर विल्सन ने पूछा-

"सूना है योग की साधना बहुत की कठिन एवं दुःसाध्य है, इसमें ध्यान, प्राणायाम, समाधि तथा पिंगला, सुषुम्ना तथा कुंडलिनी आदि पर नियंत्रण किया जाता है जिसे सामान्य व्यक्ति के लिए असंभव जैसे ही है। क्या ईश्वर से जुड़ने के कुछ सरल साधन भी योग में है, जिन्हें अपना कर सामान्य मनुष्य भी ईश्वर से जुड़ सके।"

"हाँ! हैं, योग की कई विधाएं हैं। विभिन्न मनुष्यों की अलग-अलग रुचियों, उनके स्वभाव, उनकी आयु, उनकी जीवन शैली तथा उनकी परिस्थितियों के अनुसार योग के विभिन्न साधनों में से किसी एक या एक साथ कई का अभ्यास किया जा सकता है। आयु, रुचि, समय तथा परिस्थितियों के अनुसार इनका चुनाव किया जा सकता है।"

ऋषि ने उत्तर दिया, तथा आगे बोले-

"पुराने ऋषियों ने योग की कई विधियां बतलाई हैं, जिनमें राजयोग, कर्मयोग, भक्तियोग, ज्ञानयोग तथा हठ योग इत्यादि हैं।

सामान्य गृहस्थ मनुष्यों के लिए 'कर्म योग' तथा 'भक्ति-योग' की विधियां उपयुक्त एवं सरल हैं क्योंकि इनके अभ्यास के लिए किसी योग्य-गुरु (Expert

Guide) की आवश्यकता भी नहीं पड़ती। इन्हें अभ्यास द्वारा स्वयं ही अपनाया जा सकता है तथा ईश्वर से जुड़ा जा सकता है। जबकि राज योग तथा ज्ञान योग के लिए शरीर तथा मन को अनुशासन में लाने के लिए पहले हठ योग का सहारा भी लेना पड़ सकता है क्योंकि शरीर की वृत्तियों (काम, क्रोध, मोह इत्यादि) तथा चंचल मन को वश में करना अत्यंत ही कठिन होता है।

'राजयोग के लिए इन्द्रिय-निग्रह, मन की चंचल वृत्तियों का नियमन एवं मन की सतत् एवं अटूट एकाग्रता होनी चाहिए तथा 'ज्ञान योग', पराविद्या के अभ्यास द्वारा आत्मा का परमात्मा या परब्रह्म से संयोग कर उसी में लीन हो ताना है।"

मिस्टर विल्सन ने कहा-

"कृपया कर्मयोग तथा भक्तियोग को और स्पष्ट करने का कष्ट करें।"

ऋषि भुशुन्ड जी ने उत्तर दिया-

"कर्मयोग जिसको "निष्काम कर्म-योग" कहा गया है, के अनुसार सामान्य सांसारिक मनुष्यों एवं गृहस्थों को अपने सभी कर्तव्यों का निर्वाह पूरी जिम्मेदारी से करना चाहिए तथा ऐसा करने समय स्वयं को कर्ता न मान कर, स्वयं को भगवान का सेवक मानकर, उनकी आज्ञा से ही सभी काम करना, मानना चाहिए। अर्थात ऐसा मानना चाहिए कि अपने स्वार्थ के लिए, अपनी इच्छा से वो काम नहीं कर रहे अपितु ईश्वर की इच्छा से उसी की आज्ञानुसार वह काम आप कर रहे हैं।"

मिस्टर विल्सन ने पूछा-

"ऐसा सोचने से क्या लाभ है?"

ऋषि भुशुन्ड जी ने उत्तर दिया-

"मान लो कि किसी काम के करने से, आपकी सोच के अनुसार आपको कुछ लाभ होने वाला था परन्तु किसी परिस्थिति वश वह काम बिगड़ गया हौर आपको तभी नहीं मिला तथा आपका परिश्रम व्यर्थ हो गया तो अपने को कर्ता मानने के कारण (अर्थात अपना स्वार्थ पूरा करने के लिए काम करने के कारण) काम का उचित अच्छा परिणाम न प्राप्त होने के कारण आपको दुःख होगा। परन्तु यदि आप उसे भगवान की इच्छा से किया हुआ कार्य मानते है तो आपको उसका यथेच्छ परिणाम न मिलने पर दुःख नहीं होगा। कर्मयोगी पुरुष कर्तापन के अभिमान से रहित होने के कारण लोक व्यवहार की स्थिति में कर्ता होकर भी अकर्ता ही हैं। अतः उन्हें कर्म फल नहीं भोगना पड़ता।

इच्छा या कामना के रहने पर ही दृष्य पदार्थों के साथ सम्बन्ध होता है। यह जानने वाला, जो इच्छा या कामना से रहित होकर लोक व्यवहार में लगा रहता है वह परम शान्तिः को प्राप्त हो चुका होता है, क्योंकि जो अन्तःकरण की शीतलता है वह अनन्त साधन रूप तपस्याओं का फल है। इसलिए जो ज्ञानी पुरुष व्यवहार परायण है उन्हें संदेहों से रहित परम पद की प्राप्ति हो गई है। चित्त (चित्त) में जो कर्तापन का भाव नहीं है वही कर्म योग है। जो मन (इच्छाओं) वासनाओं से रहित हो गया है वह स्थिर कहा गया है। जिसके मन की वासनाएं (कामनाएं या इच्छाएं) समाप्त हो चुकी हैं, वह पुरुष सर्वोत्क्रष्ठ परम पद की प्राप्ति के योग्य कहा जाता है, क्योंकि वासना शून्य मन वाला पुरुष कर्तापन से रहित हो ताता है। अतः उसे परम पद की प्राप्ति होती है। इस प्रकार कर्म योगी कर्म फल के बंधन से मुक्त हो जाता है।

मिस्टर विल्सन ने कहा-'कृपया कर्म योग तथा भक्ति योग को विस्तार से समझाएं।"

"मनुष्य अपने चेतन मन की इच्छानुसार कर्म कर के उनके फलस्वरूप आभासी सुख या दुख प्राप्त करता है। सुख या दुख को आभासी (Virtual) इसलिए कहा गया है क्योंकि ये वास्तविक (Real) तथा स्थाई (Permanent) नहीं होता परन्तु मनुष्य इन्हें वास्तविक मानता है और इनकी पुनः पुनः (बार-बार) प्राप्ति के लिए उद्योग (कर्म) करता है । ऐसे आभासी एवं अस्थाई सुख की प्राप्ति के लिए किए गए प्रत्येक कर्म के फलस्वरूप, संसार के प्रति उसका मोह एवं आस्था बलवती हो जाती है और अपनी कामनाओं एवं वासनाओं की पूर्ति के लिए या दूसरे शब्दों में कहे तो इस शरीर द्वारा किए गए कर्मों के फल भोगने के लिए उसे निरंतर पुर्नजन्म लेने के बाध्य होना पड़ता है। आभासी एवं अस्थाई सुख भोगने के लिए किए गए कर्म का दुख अथवा सुख रूपी फल भोगने का यह शाश्वत विधान है। परन्तु कर्म योग से इस विधान से बचा जा सकता है। क्योंकि कर्म योग से कर्म फल को समाप्त किया जा सकता है तथा इस संसार में पुनर्जन्म को टाला जा सकता है।

यदि हमें जन्म मिला है और यह शरीर प्राप्त हुआ है तो यह शरीर (भले ही चाहे या न चाहे) कर्म करने को बाध्य होता है। इस शरीर द्वारा बहुत सारे कर्म चेतन मन की इच्छा (अथवा नियंत्रण) के बिना भी होते रहते हैं। यह शरीर उन कर्मों के करने के लिए बाध्य (विवश) होता है, परन्तु कुछ कर्म चेतन मन की इच्छानुसार उनके फल भोगने की इच्छा से किए जाते हैं। ऐसे कर्मों का फल भोगने के लिए

ही बार-बार जन्म लेना पड़ता है। इसे जन्म-मरण के चक्र से छुटकारा पाने के लिए कर्म योग एक अच्छा और सहज विकल्प है।

अपना कर्तव्य समझकर किया जाने वाला कर्म ही कर्मयोग है। इसमें कामना अर्थात किए कर्म से कुछ लाभ मिलने की इच्छा तथा आसक्ति अर्थात मेरे द्वारा किए गए कर्म का अच्छा फल मुझे ही मिले, की भावना नहीं होनी चाहिए। इसीलिए कर्म को ईश्वर की आज्ञा से किया हुआ मान कर, परमात्मा के प्रति कर्म को समर्पित कर के कर्मयोगी, कर्म फल भोगने के बन्धन से मुक्त हो जाता है। उसे कर्म का फल (सुख या दुख) यद्यपि उसे ही प्राप्त होता है परन्तु वह उसे कर्म का फल न मानकर ईश्वरेच्छा से प्राप्त सुख या दुख ही मानता है। इसीलिए निष्काम-भाव अर्थात फल की इच्छा गए बिना किया गया कर्म मनुष्य को संसार के मोह माया के बंधन में नहीं बांधता।

स्वयं को कर्ता माने बिना, अर्थात यह मानकर कि ईश्वर ही उसे यह कर्म करवा रहा है, तथा संतुलित मन से किया गया कर्म अर्थात कर्म की सफलता या विफलता की चिन्ता गए बिना, किया गया कर्म ही संसार बन्धन से मुक्ति दिलाता है। कर्मयोग में सफलता के लिए कुछ नैतिक नियमों का पालन आवश्यक है। जैसे सहिष्णुता, दया, करुणा, परिस्थितियों के अनुसार स्वयं को ढालना, धैर्य, लगन, उत्साह, विनम्रता, आत्म-संयम, क्षमा, सत्य, सभी जीवों से प्रेम, अक्रोध, अहिंसा तथा मानसिक-संतुलन इत्यादि का पालन आवश्यक है। इसे नियमों को अपनी आदत बनाकर, निस्वार्थ भाव से अपने लाभ, हानि, जीत तथा हार एवं कार्य की सुफलता अथवा विफलता की चिन्ता के बिना कर्म करना ही निष्काम कर्म-योग है।

कर्म-योगी को कामना (इच्छा) का त्याग करना आवश्यक है, क्योंकि जब तक मन में कामना है तब तक वह निष्काम कर्म नहीं कर सकता। हम जानते हैं कि एक इच्छा की पूर्ति, दूसरी इच्छा को उत्पन्न करती है। और यह क्रम हमसे अनवरत कर्म करवाता रहता है। यदि हम यह सोचें कि हम केवल पुण्य कर्म ही करें, जैसे यज्ञ आदि कर्म जिन्हें पुराने ऋषियों ने 'इष्टम' कहा है या दूसरे पुण्य कर्म जैसे कुआँ खुदवाना, रास्ता बनवाना, धर्मशाला तथा पाठशाला खुलवाना इत्यादि जिन्हें ऋषियों ने 'पूर्तम' कहा है जिनका फल अच्छा प्राप्त होता है परन्तु वह फल भी अस्थायी तथा अल्पकालिक ही होता है और अन्त में हमें फिर से जन्म-मरण के चक्र में फंसना पड़ता है।

वास्तव में इच्छा या कामना चाहे वह अच्छी हो या बुरी, उसके कारण मन में विचारों का प्रवाह शुरू हो जाता है। इन विचारों की संख्या, गुण और दिशा के

अनुसार ही शरीर के द्वारा कर्म होता है । कामना के समाप्त हो जाने से कामना से प्रेरित कर्म भी समाप्त हो जाते हैं। भले ही शरीर द्वारा स्वाभाविक क्रियाएं होती रहें, तो भी कामना न रहने के कारण विचार प्रवाह भी रूक जाता है और मन शांत हो जाता है। यही जीवन जीने का निवृत्ति मार्ग कहा गया है। कर्म योगी को यही मार्ग अपना कर अपने मन को अन्तर्मुखी करके, विषयों के उपयोग से विरत हो कर आत्मज्ञान प्राप्त करना चाहिए। आत्मज्ञान हो जाने पर अहंकार नष्ट हो जाता है और उसके बाद वह कर्म भी करता है तो बिना किसी अहंकार या स्वार्थ के तब वह परमात्मा के हाथ में एक निमित्त मात्र, बन जाता है। यही कर्म योग का लक्ष्य है।

अब 'भक्ति योग' के बारे में सुनिये। भाव प्रवण लोगों के लिए यह एक सुगम मार्ग है। भक्ति मार्ग प्रेम, समर्पण तथा शरण गति का मार्ग है। क्योंकि ईश्वर प्रेम-स्वरूप है इसीलिए भक्ति का मार्ग प्रेममार्ग कहा गया है। भक्ति योगी किसी स्वार्थ वश या कुछ पाने की इच्छा से ईश्वर से प्रेम अथवा समर्पण नहीं करते क्योंकि प्रेमी अपने त्याग, बलिदान तथा समर्पण के बदले के बदले प्रेम ही चाहते हैं। अतः भक्ति योगी को भी समर्पण तथा ईश्वर के शरण गति हो कर केवल उनके प्रेम और भक्ति की ही याचना करनी चाहिए। यही प्रेम वासनात्मक नहीं अपितु आध्यात्मिक प्रेम कहा जाता है क्योंकि हम ईश्वर से किसी शारीरिक सुख या सांसारिक सुविधा नहीं मांगते केवल उनकी भक्ति और कृपा तथा प्रेम ही चाहते हैं।

नवधा भक्ति में आत्म-निवेदन, अर्थात, ईश्वर को अपना तन-मन-धन अर्थात् अपना सर्वस्व समर्पण करना ही आत्म-निवेदन कहलाता है ओ भक्त अपना सब कुछ त्याग कर केवल ईश्वर के शरणागत हो जाता है। इस प्रकार भक्त अपने भगवान से एकाकार हो ताता है। ईश्वरीय प्रेम द्वारा जो सहजानन्द की अनुभूति होती है, उस का वर्णन शब्दों में नहीं किया जा सकता। भक्तजन भगवद् भक्ति द्वारा उत्पन्न असीम आनन्द को वाणी से प्रकट करने में असमर्थ होते हैं। किसी अत्यंत भावुक भक्त को ही इस आनन्द की अनुभूति हो पाती है, जो ईश्वर के सानिध्य से ही प्राप्त होती है। इसे पाने के बाद फिर पाने को कुछ रह नहीं जाता।

ईश्वर में अनन्य अनुराग, उनके लीला चरित्र का बार-बार स्मरण तथा वर्णन, उनके चरणों का पूजन एवं अभिनंदन इत्यादि कार्य ही भक्तों को अच्छे लगते हैं। भगवान के चरण-कमल के दर्शन ही भक्तों की मुख्य धारणा है। इस सब के लिए ईश्वर-भक्त को मानसिक शुचिता की अत्यन्त आवश्यकता होती है। वह ऊँच-नीच, अपना-पराया, धनी-निर्धन तथा छोटा-बड़ा की सोच से मुक्त हो जाता है और सभी में ईश्वर के ही दर्शन करने लगता है। यही भक्ति-योग का सार है।

मिस्टर विल्सन ने कहा-

"कृपया योग की अन्य विधाओं के बारे में भी कुछ बताइये।

कुछ क्षण सोचकर का भुशुन्ड जी बोले-

"तीसरा 'राज योग' है जिसे अनुशासन-योग भी कहते हैं। इसकी साधना कुछ कठिन है।"

'राज योग' के बारे में महर्षि पतंजलि का योग दर्शन ही सबसे अधिक प्रचलित है। उसमें उन्होंने योग के आठ अंगों का वर्ण किया है जिसे 'अष्टांग-योग' कहा है। जिन्हें हम योग की आठ सीढ़ियां कह सकते हैं। साधक की प्रथम सीढ़ी से प्रारंभ करके आठवीं सीढ़ी तक जाना होता है तब वह ईश्वर से जुड़ पाता है।

ये आठ सीढ़ियाँ हैं- यम, नियम, आसन, प्राणायाम, प्रत्याहार, धारणा, ध्यान और समाधि। इन सभी क्रियाओं द्वारा चेतन मन को नियंत्रित किया जाता है यम पांच क्रियाओं का संयुक्त रूप है। ये पांच क्रियाएं हैं- अहिंसा, सत्य, अस्तेय या अचौर्य, ब्रह्मचर्य और अपरिग्रह।

नियम भी पांच क्रियाओं का संयुक्त रूप है जो- शौच, संतोष, तप, स्वाध्याय और ईश्वर प्रणिधान हैं।

इनमें तप, स्वाध्याय और ईश्वर प्रणिधान को ही क्रिया योग कहा जाता है। अर्थात इन क्रियाओं द्वारा ईश्वर से जुड़ना सम्भव हो पाता है। इन्हीं क्रियाओं की परिणति हठ योग, लय योग, जपयोग, नाद योग तथा भक्तियोग इत्यादि में हो जाती है।

इनमें पहले पांच भाग-यम, नियम, आसन, प्राणायाम और प्रत्याहार को भौतिक शरीर एवं भौतिक इन्द्रियों द्वारा नियंत्रित किया जाता है, जब कि बाद के तीनों भागों- धारणा, ध्यान और समाधि को सूक्ष्म शरीर के भागों अवचेतन मन, बुद्धि या विवेक तथा अहं द्वारा चेतन मन को नियंत्रित एवं शांत करने के लिए किया जाता है। इनमें प्रत्याहार ही अंतिम एवं सबसे महत्वपूर्ण क्रिया है जिसके द्वारा विषयों के प्रति चेतन मन की प्रवृत्तियों को रोक कर अन्तर्मुखी करना होता है। इसी क्रिया को अपने अन्दर झांकना कहा जाता है, और इसी के द्वारा अपने अंदर के ईश्वर तत्व का साक्षात्कार भी किया जाता है।

धारणा, ध्यान तथा समाधि का अभ्यास एक साथ ही किया जाता है। इन तीनों के मिले जुले अभ्यास को योग की भाषा में 'संयम' कहा जाता है।

संयम या धारण, ध्यान और समाधि के अभ्यास से पहले प्रत्याहार द्वारा विषयों (सांसारिक सुखों) के प्रति चेतन मन के आकर्षित होने की प्रवृत्ति को रोक कर उसे एकाग्र तथा अन्तर्मुखी करना आवश्यक है। चेतन मन को इधर-इधर भटकने से रोक कर केवल एक लक्ष्य पर केन्द्रित करना ही धारणा कहलाता है। अब बाहरी हलचल एवं समय की उपेक्षा कर के ध्यान (अपने लक्ष्य का चिंतन) करने हुए साधक समाधि में लीन हो जाता है।

विभिन्न लक्ष्यों पर ध्यान केन्द्रित कर समाधि द्वारा विभिन्न सिद्धियां प्राप्त की जा सकती हैं।

मिस्टर विल्सन ने फिर कहा-

"ऋषि वर कृपया मुझे प्राणायाम के बारे में भी कुछ बतलाने की कृपा करें।"

ऋषि का भुशुन्ड जी ने कुछ क्षण सोचा फिर बोले-

"प्राणायाम से पहले आसन का अभ्यास किया जाना आवश्यक है। आसन का अर्थ है किसी भी मुद्रा (Posture) में सुख पूर्वक लगातार बिना हिले-डुले बैठने का अभ्यास करना।

आसन का अभ्यास हो जाने के बाद स्वांस और प्रस्वास की गति पर नियंत्रण करके प्राण तथा अपान वायुओं का संयम अथवा प्राण एवं अपान वायु का नियंत्रण ही प्राणायाम है। इसके द्वारा मन को बाह्य-वृत्तियों से हटाकर परमात्मा की ओर उन्मुख किया जाता है।

नाक द्वारा प्राण वायु का शरीर में प्रविष्ठ होना स्वांस, एवं बाहर निकलना प्रस्वास कहलाता है। इन दोनों की गति को रोका जाना तथा स्वांस एवं प्रस्वास की क्रिया द्वारा प्राण वायु का शरीर के अंदर अथवा बाहर रोका जाना ही प्राणायाम की प्रथम सीढ़ी है।"

मिस्टर विल्सन ने पूछा-

"यह प्राण वायु क्या कुछ विशेष प्रकार की हवा होती है और कहां मिलती है?"

ऋषि काक भुशुन्ड जी ने उत्तर दिया-

"हमारे शरीर के सही संचालन के लिए कुछ कण तरंग समूहों के संयुक्त रूप (Combined Forms of Quanta of Wave Particle) शरीर के अंदर विद्यमान है, जिन्हें देवता कहा जाता है। विभिन्न संख्या वाले विभिन्न प्रकार के कण-तरंग

समूहों के विभिन्न अनुपात में मिलने से विभिन्न (प्रत्येक) अंग-प्रत्यंग का संचालन एक अलग देवता द्वारा किया जाता है। इन देवताओं के संयुक्त रूप को ही प्राणी का सूक्ष्म-शरीर कहा जाता है।

शरीर की कुछ विशेष क्रियाओं को सम्पन्न करने के लिए वायु देवता की पांच कलाएं इस भौतिक शरीर में रहती हैं, जो बाहरी वायु की सहायता से शरीर के विभिन्न अंगों से विभिन्न कार्य सुचारू रूप से कराती हैं। इस पांचों के नाम- प्राण वायु, अपान वायु, व्यान वायु, उदान वायु तथा समान वायु है। इन पांचों में से कोई भी हवा नहीं है परन्तु कण-तरंग, समूहों के संयुक्त रूप (Combination of Various Quanta of Different Wave Particles) हैं।

अध्याय-4

नगर का नाश

उधर धवलपुर नगर में, तथा उसके आसपास के इलाकों में भी भीषण आंधी तूफान तथा मूसलाधार वर्षा होने लगी। वर्षा का मौसम होने के कारण चम्बल नदी पहले ही पूरी भर कर चल रही थी। नगर के इलाके में नदी के दोनों किनारों पर ऊँचे तट-बन्ध बने हुए थे जिससे के बाढ़ के समय नदी का पानी नगर में न घुस सके। सभी लोग घरों में सुख पूर्वक सोए हुए थे।

युवराज प्रबल सिंह एवं उसकी पत्नी हेमलता राज महल में आराम दायक एवं सुसज्जित शयन-कक्ष में सुख पूर्वक सो रहे थे। उन्हें महाराज के नगर से बाहर जाने का भी पता नहीं था। अतः वे निश्चिन्त सो रहे थे। उधर भारी वर्षा के कारण चम्बल नदी में पानी अचानक ही कुछ घंटों में बहुत अधिक बढ़ गया था जो तट बन्धों की ऊपरी सतह की सीमा में आ गया था। तभी रात्रि के दूसरे प्रहर में तीव्र तथा भयंकर भूकंप के झटके लगने प्रारंभ हो गए। लगभग तीन-मिनट तक बार-बार अत्यधिक तीव्रता के झटके लगने के कारण सभी ऊँचे भवन ताश के महल की तरह भरभराकर गिर गए। नदी के दानों ओर के तटबन्ध भूकंप के कारण टूट गए और बाढ़ का पानी बहुत वेग से नगर में सभी ओर घुस कर नीचे मकानों को डुबाने लगा। अधिकतर नगरवासी जब तक उठकर कुछ समझने की कोशिश करते उससे पहले ही वे मृत्यु के ग्रास बन गए। युवराज प्रबल सिंह एवं उनकी पत्नी हेमलता के ऊपर पत्थर की छत टूट कर गिरी और वे कुछ समझ पाते उससे पूर्व ही दोनों एक साथ इस संसार से विदा हो गए। नगर में भी चारों ओर गहन अंधकार छाया हुआ था और चीत्कारों के अलावा और कोई आवाज नहीं सुनाई दे रही थी। लगभग पांच मिनट में ही पूरा नगर भयानक खंडहरों में परिवर्तित हो गया जिनमें अब बड़ी तेजी से नदी का पानी भरने लगा था। वर्षा लगातार मूसलाधार होने के कारण नगर में भी जलस्तर बढ़ता जा रहा था। नीचे सारे भवन पानी में डूब गए थे और खंडहरों से उनके ऊपरी भाग टूट बिखर कर नीचे पानी में गिर रहे थे। केवल नदी से दूर नगर के बाहरी इलाकों में रहने वाले कुछ गरीब लोगों के घर घास फूस के बने

होने के कारण उन लोगों को मामूली चोटें आईं थीं। अतः वे थोड़े से लोग अंधेरे में ही अपने बच्चों एवं कुछ आवश्यक सामान को लेकर पानी के वहां तक पहुंचने के पूर्व ही नगर से लगभग एक किलोमीटर दूर एक ऊंची पहाड़ी पर चढ़ गए। प्रभु ने उनको बचा लिया था और भीगते तथा सर्दी से ठिठुरते हुए अपने बच्चों को छाती से लगाए वे उजाला होने का इंतजार करने लगे।

सुबह उजाला होने तक तूफान थम चुका था और बारिश भी बहुत हल्की हो गई थी। अब राजा तथा अंगरक्षक एक गांव के पास पहुंच गए थे। वहां पूछने पर पता चला कि वे गलत दिशा में पहुंच गए थे। गांव वालों ने उन पांचों को जो कुछ उनके पास रूखा-सूखा था, नाश्ता कराया तथा दूध पिलाया और घोड़ों को दाना पानी खिलाया पिलाया। राजा को नगर और परिवार का हाल जानने की बहुत चिन्ता भी अतः लगभग एक घंटे रूक कर वे धवलपुर की ओर तेजी से चल पड़े।

जगह-जगह टूटे तथा उखड़े पेड़ों के कारण रास्ता अवरूद्ध हो गया था रास्ते में कीचड़ भी बहुत हो गया था रास्ते में कीचड़ भी बहुत हो गया था, इसलिए लगभग दो घंटों में वे धवलपुर पहुंच पाए। परन्तु नगर से पहले ही पहाड़ी पर लगभग ढाई-तीन सौ लोगों ने उन्हें देखकर तुरंत प्रणाम किया और रो-रो कर रात की सारी घटना बयान की। राजा ने पहाड़ी पर चढ़कर नगर की हालत देखी। सब ओर पानी पर शव तैरते दिखाई दिए। तटबन्धों के कारण पानी वापस नदी में भी नहीं जा रहा था और वहीं भरा हुआ था।

अब राजा तेजी से किले की ओर चला। किला एक ऊँची पहाड़ी पर स्थित तथा सुदृढ़ बनावट के कारण लगभग पूरा ही सुरक्षित था। राजा की पत्नी, छोटा पुत्र अतिवल तथा पुत्र वधु सभी सुरक्षित बच गए थे। किले में रहने वाले सभी सैनिक, उनके घोड़े तथा लगभग छह माह की भोजन सामग्री सभी सुरक्षित बच गए थे। सबसे पहले राजा ने कुछ गाड़ियों में भोजन सामग्री और कपड़े तथा बर्तन इत्यादि भरवा कर एक कर्मचारी के साथ छोटे पुत्र तथा कई अनुचरों के साथ नगर के बाहर पहाड़ पर बैठे गरीब लोगों में वितरण के लिए भिजवाए तथा पुत्र के द्वारा यह खबर भिजवाई कि जंगल से और पहाड़ से निर्माण सामग्री लेकर वे लोग पहाड़ी पर तथा पास के ऊंचे स्थानों पर ही अपने घर बनाकर नया धवलपुर बसाएं।

कुछ दिनों में नया धवलपुर नदी से दूर ऊँचे स्थान पर बस गया। कालान्तर में उसी का नाम, धवलपुर से धौलपुर हो गया।

सुबह जब मृगराज की आंख खुली तो उसने देखा कि पंडित जी अपनी बर्थ पर पद्मासन में बैठकर आंखें बंद करके भजन में लीन थे, अतः वह फ्रैश होने वॉशरूम

की ओर चला गया। वहां कई लोग उससे पहले ही अपनी बारी आने का इंतजार कर रहे थे, अतः उसे लौटने में काफी विलम्ब हो गया। तब तक पंडित जी अपनी भजन पूजा पूरी कर चुके थे सभी सुबह का नाश्ता तथा चाय आ गई और उन्होंने नाश्ता किया। गाड़ी लगभग डेढ़ घंटे में मुंबई सेंट्रल पहुंचने वाली थी। रात के सपने की एक-एक घटना तथा अपनी पत्नी (उस जन्म की) का चेहरा तक उसे स्पष्ट याद था और उसे भयानक स्वप्न ने अंदर तक हिला कर रख दिया था। उसके मन में एक अज्ञात भय एवं शंका उत्पन्न हो गई थी कि इस जन्म में तो उसके साथ भाग्य कोई क्रूर छल करने वाला नहीं है? उसने अपने अंदर हिम्मत जुटाकर उस सारे घटनाक्रम को मन से निकालने की बहुत कोशिश की परन्तु वो भयानक दृश्य तो जैसे उसके मानस पटल पर अंकित हो गया था और उसे अब यह भी विश्वास होने लगा था कि पूर्वजन्म और भाग्य इत्यादि की धाराणायें केवल कपोल कल्पना मात्र नहीं है।

उसने डरते-डरते पंडित जी की ओर देखा तो उन्हें अपनी ही ओर जिज्ञासा पूर्ण दृष्टि से देखते हुए पाया। उन्होंने बड़े शांत भाव से कहा-

"डरो मत! वे सब पूर्व जन्म की घटनाएं थीं जो घट चुकी हैं परन्तु बीच के जन्मों के अच्छे कर्मों के कारण इस जन्म में तुम्हारा भाग्य उन जन्मों की अपेक्षा बहुत अच्छा है। तुम मुझे अपना पूरा परिचय दो और अपने मुंबई जाने का कारण बतलाओ। फिर मैं तुम्हारा हाथ देखकर तुम्हें निकट भविष्य में होने वाली कुछ घटनाएं बतलाऊंगा।"

अब मृगराज ने उठकर पंडित जी के चरण-स्पर्श किए, पंडित जी ने उसे अपने पास ही बर्थ पर बैठा लिया। फिर मृगराज ने कहा-

मैं हरियाणा में नारनौल नामक शहर का रहने वाला हूं। मेरे पिता श्री गजराज सिंह वहां एक डिग्री कालेज के प्रधानाचार्य हैं। हमारा परिवार सम्पन्न है। मैंने मैकेनिकल इंजीनियरिंग में बहुत ही अच्छे अंकों से डिग्री पास की है और मेरा चयन (सैलेक्शन) 'साइन्टिस्ट' के पद पर मुंबई में एटोमिक पावर प्लान्ट में हो गया है। मैं आज ही वहां ज्वॉइन करने जा रहा हूं। 'सी-व्यू' होटल में मेरे लिए कमरा बुक है। लगभग एक सप्ताह, जब तक मुझे रहने की उचित किराए की जगह नहीं मिल जाती, मैं वहां रहूंगा।"

यह कहकर उसने पंडित जी के सामने अपनी हथेली पसार दी। पंडित जी ने लगभग दो मिनट उसकी हथेली को गौर से देखा। फिर उसके चेहरे और माथे को कुछ क्षण देखकर बोले-

"आज नई नौकरी प्रारंभ करने का अच्छा मुहूर्त है यहां तुम पूरे समय (रिटायरमेंट) तक रुचि पूर्वक कार्य कर सकोगे और तुम्हारी पदोन्नति भी उचित समय पर होती रहेगी। अब दूसरी बात सुनो तुम्हें बहुत शीघ्र रहने का अच्छा स्थान मिल जायेगा जहां जो तुमने रात देखा है उस जन्म की पत्नी से तुम्हारा परिचय हो जायेगा। इस जन्म में उसका नाम 'स' अक्षर से शुरू होने वाला होगा और इस जन्म में भी उसी से तुम्हारा विवाह होगा और पूरा जीवन दोनों सुख पूर्वक रह पाओगे। इस जन्म में तुम्हारा भाग्य अच्छा है बस तुम दोनों को माता वैष्णो देवी के दर्शन, पूजा अर्चना करना आवश्यक है अन्यथा संतान की ओर से चिन्ता रहेगी।

मुझे लेने स्टेशन पर मेरे यजमान, जिनके यहां कल मुझे यज्ञ करना है, आने वाले हैं। मुझे पता नहीं मुझे ठहराने का उन्होंने कहां इंतजाम किया है।"

पंडित जी के यजमान डॉ. हरिहर सिंह भी हरियाणा के गुरूग्राम (गुड़गांव) के रहने वाले थे। उनकी सारी शिक्षा दिल्ली में हुई थी। वे भौतिक-शास्त्र (फिजिक्स) के प्रोफेसर थे तथा उनकी पत्नी डॉ. निर्मला सिंह मुंबई के ही एक डिग्री कॉलेज में मनोविज्ञान की एसोसियेट प्रोफेसर थीं। वो भी हरियाणा के पलवल की रहने वाली थीं। उन दोनों के एक पुत्र सतपाल सिंह जो लगभग छब्बीस वर्ष का था तथा दिल्ली के एक सरकारी बैंक में प्रोबेशन ऑफिसर था, तथा एक पुत्री सुवर्चला सिंह लगभग चौबीस वर्ष की थी जो भौतिक शास्त्र (फिजिक्स) में एम.एस.सी. प्रथम श्रेणी में पास करके एटोमिक पावर प्लांट में ही साइन्टिस्ट के पद पर लगभग चार माह पूर्व ही लगी थी। घर में सबसे छोटी होने के कारण सब उसे बहुत लाड करते थे तथा प्यार से उसे 'सुचि' कहते थे।

वे पंडित जी को लेने स्टेशन आए और उन्हें बतलाया कि उनके ठहरने का इंतजाम 'सी-व्यू' होटल मे किया है और उन्हें अपनी कार से वहां छोड़ देंगे। पंडितजी ने मृगराज का परिचय उनसे कराया तथा उसे भी कार से अपने साथ होटल चलने को कहा, क्योंकि उसे भी वहीं ठहरना था। होटल में पंडित जी को कमरा नंबर फोर-जीरो-टू मिला तथा मृगराज को थ्री-जीरो- वन मिला। पंडित जी से यह जानकर कि मृगराज भी हरियाणा का निवासी है तथा आज ही एटोमिक पावर प्लांट में साइन्टिस्ट के पद पर ज्वाइन करने जा रहा है, डॉ. हरिहर सिंह ने उसे भी दूसरे दिन यज्ञ में शामिल होने तथा भोजन करने के लिए अपने घर आमंत्रित कर दिया।

उन्हें पंडित जी से यह भी पता चल गया था कि आज ज्वाइन करने के बाद मृगराज दो तीन दिन की छुट्टी लेकर अपने रहने के लिए किराए का कमरा तलाश करेगा। अतः लौटने समय उन्होंने विचार किया कि उनके पुत्र सतपाल के दिल्ली

चले जाने से उसका कमरा खाली हो गया है। अतः घर के सभी सदस्यों की सलाह लेकर मृगराज हो अपने घर में ही पेइंग-गेस्ट की तरह क्यों न रख लिया जाए। आज शाम तक सतपाल भी दिल्ली से आने वाला था। दोनों बच्चे भी अब वयस्क एवं समझदार व जिम्मेदार हो गए थे, अतः हर निर्णय लेने से पूर्व उनकी भी राय अवश्य जान लेते थे। अतः रात को खाने की मेज पर सबके सामने अपना विचार प्रस्तुत किया और विचार विमर्श के बाद यह तय हुआ कि कल जब मृगराज आवे तो उसके परिवार, माता-पिता तथा कुल-गौत्र इत्यादि की जानकारी लेने के बाद अपने घर के सदस्यों एवं पंडित जी की राय लेकर परसों उसे अपने घर पेइंग गेस्ट बनाने का प्रस्ताव दिया जाए।

अध्याय-5

प्राणायाम, प्राण-समाधि एवं अमरत्व का रहस्य

मिस्टर विल्सन ने फिर पूछा-

"अपने मृत्यु पर विजय अथवा अमरत्व कैसे प्राप्त किया है? इसके बारे में भी कुछ बतलाने की कृपा करें।"

ऋषि भुशुन्ड ने कहा-

"जिसने मुझे चिरजीवी बनाया है, तथा जिसने मुझे आत्मस्वरूप् की प्राप्ति करवाई है, उस प्राण-समाधि की क्रिया मैं कहता हूं।

'इडा और पिंगला नाम की दो अत्यंत सूक्ष्म नाड़ियां इस देह के दाहिने और बाएं भागों की कुक्षियों में रहती हैं। उनका किसी को भान नहीं होता, वे केवल नाक के नथुनों में प्राण-संचार द्वारा प्रतीत होती हैं। इस शरीर में यंत्र के समान तीन कमल के जोड़े हैं जो हाड़-मांस के बने हुए बहुत ही कोमल हैं। उनमें ऊपर तथा नीचे दोनों ओर नलियाँ लगी हुई हैं, जिनसे वे आसपास में जुड़े हुए खिले हुए कमल-पुष्पों के समान दिखते हैं।"

इन तीन हृदय-कमल यंत्रों में प्राण की समस्त शक्तियां, किरणों के समान बहुत ही पतली नाड़ियों के रूप में फैली हुई है। इन प्राण शक्तियों से ही शीघ्र-गति, आगति, विकर्षण, हरण, विहरण, उत्पन्न एवं निपतन की क्रियाएं निष्पन्न की जाती हैं। हृदय-कमल में स्थित यही वायु 'प्राण' के नाम से पुकारी जाती है, जिससे हृदय स्वयं निरंतर धड़कता है तथा इसकी एक शक्ति नेत्रों के पलकों के झपकने की, दूसरी शक्ति नाक द्वारा श्वास एवं उच्छवास की, तीसरी शक्ति शरीर के किसी भाग पर स्पर्श के आभास की, चौथी पेट के अंदर पहुंचते ही पाचक द्रव्यों के उत्सर्जन की, पांचवी मुख के अंदर लार बनाने की, छठी जीभ तथा कण्ठ द्वारा शब्दोच्चारण आदि की क्रिया सम्पादित करती हैं तथा और भी बहुत सारी नाड़ियां

इसी प्रकार के अनेकों कार्य जो शरीर में स्वतः होते हुए जान पड़ते हैं, उन्हें सम्पन्न करती हैं। कहने का तात्पर्य यह है कि ये सभी पतली नाड़ियां, शरीर की सभी क्रियाओं को शक्ति-सम्पन्न प्राण एवं अपान वायु के द्वारा ही कराती हैं। इस प्राण वायु में स्पन्दन (दोलन या कम्पन) शक्ति तथा निरंतर गति क्रिया (Continuous Motion) रहती है। प्राण (वायु) देह में ऊपर के स्थानों में स्थित रहता है तथा इसी प्रकार अपान (वायु) भी निरंतर स्पन्दन तथा सत्त गति करती रहती है। यह शरीर के नीचे के भागों में नाभि के आसपास स्थित रहता है। अब मैं तुम्हें प्राण वायु एवं अपान वायु को इच्छानुसार निरुद्ध (Restrict) कर उनके नियंत्रण (Control) करने का प्राणायाम समझाता हूं।

प्राणों (प्राण वायु) के हृदय-कमल के कोश से, किसी प्रकार के यत्न के बिना, बाहर निकलने की जो स्वाभाविक प्रक्रिया है, उसे 'रेचक' कहा जाता है। फिर नाक के सामने (नीचे की ओर) बारह अंगुल (लगभग नौ इंच) की दूरी तक के स्थान में प्राणों (प्राण वायु) को रोके रखना ही 'बाह्म-कुम्मक' कहलाता है। फिर बारह अंगुल तक नीचे की ओर गए हुए प्राणों (प्राण वायु) का लौटकर, शरीर में भीतर प्रवेश करते समय नाक के नथुनों से जो स्पर्श होता है, उसे 'पुरक' कहते हैं। इस समय अपान वायु शरीर के अंदर नीचे की ओर जाकर रूक जाती है। अपान वायु के शांत हो जाने पर, जब तक हृदय में प्राण वायु का अभ्युदय नहीं होता, वायु की इस निश्चल स्थिति को 'अभ्यन्तर कुम्मक' कहते हैं।

इस प्रकार 'प्राण-प्राणायाम' की चार क्रियाएं 'रेचक', 'बाह्य-कुम्मक', 'पूरक' तथा 'अभ्यन्तर कुम्मक' सम्पन्न होती हैं। प्रारंभ में इनमें से प्रत्येक का समय सामान्य रखना चाहिए, फिर योग्य गुरु (Expert Guide) की देख-रेख में धीरे-धीरे प्रत्येक क्रिया का समय बढ़ाया जाता है, और मन को केवल स्वांस तथा उच्छवास पर ही केन्द्रित किया जाता है। अन्त में यही 'प्राण-प्राणायाम' धीरे-धीरे अभ्यास होकर 'प्राण-समाधि' में परिवर्तित हो जाता है। तथा मन इधर-उधर भटकना छोड़कर एकाग्र हो जाता है। यही 'प्राण-प्राणायाम' का लक्ष्य है। इससे आगे 'निर्विकल्प समाधि' की ओर बढ़ने की राह खुल जाती है, जो योग की अंतिम सीढ़ी है जिसके द्वारा आत्मा तथा परमात्मा का साक्षात्कार होता है। इन चारों प्राणायाम का तत्व रहस्य जानकर निरंतर इनका अभ्यास करने वाले योगी अंदर ये, अत्यंत चंचल वायु (प्राण एवं अपान), चलते, बैठते, सोते, जागते-सभी अवस्थाओं में उसके इच्छानुसार निरुद्ध (Restricted) हो जाते हैं।

इस प्रकार प्राणायाम का अभ्यास करने वाले पुरुष का मन विषयाकार वृत्तियों के होने पर भी वाह्य विषयों में रमण नहीं करता। जिन व्यक्तियों ने इस प्राण तथा अपान का अभ्यास कर लिया है, उन्होंने पूर्ण ब्रह्म परमात्मा को प्राप्त कर लिया हे तथा वे समस्त दुखों (अवसादों) से मुक्त जीवन जी रहे हैं। प्राण और अपान की उपासना द्वारा प्राप्त यथार्थ ज्ञान से युक्त पुरुषों का मन, इस अन्तः स्थित परमात्मा में ही सदा सर्वदा लगा रहता है। सभी सांसारिक कर्मों को करता हुआ, शुद्ध अन्तःकरण वाला निष्कामी पुरुष प्राण तथा अपान की गति को जानकर सच्चिनान्द धन परमात्मा को प्राप्त कर लेता है।

जिस समय अपान के प्राकट्य से पूर्व प्राण विलीन हुआ रहता है, उस समय किसी प्रकार के यत्न के बिना स्वाभाविक सिद्ध हुई जो बाह्य कुम्मक अवस्था है, उसी को योगी लोग 'परम पद' कहते हैं। किसी प्रकार के यत्न के बिना ही सिद्ध हुआ अन्तःस्थ कुम्मक सर्वातिशायी ब्रह्मरूप परमपद है। यह परमात्मा का वास्तविक स्वरूप है और यही सदा प्रकाशमय परम विशुद्ध चेतन है। मैंने प्राण समाधि के द्वारा पूर्वोक्त रीति से विशुद्ध परमात्मा में यह चित्त (चित्त)-विश्राम रूप परम शांति स्वयं प्राप्त की है। में। इस प्राणायाम की सहायता से दृढ़ता पूर्वक स्थित हूं। चलते-फिरते, उठते, बैठते, जागते, सेते समय स्वप्न में भी मैं अखंड ब्रह्माकार वृत्ति रूप समाधि से मेरा ध्यान (मन) नहीं हटता। क्योंकि प्राण और अपान के संयम रूप प्राणायाम के अभ्यास से प्राप्त परमात्मा के साक्षात अनुभव से मुझे समस्त शोकों से मुक्त परम पद प्राप्त हो गया है। इसलिए महाप्रलय से लेकर समस्त प्राणियों की उत्पत्ति एवं विनाश को देखता हुआ, ज्ञानवान होकर मैं हमेशा से जीवित हूं। उपर्युक्त प्राणायाम विषयक दृष्टि को अपने मन में धारण करके इसी आश्रम में निवास कर रहा हूं। श्री राम का भजन चिन्तन करता हुआ मैं सुषुप्ति के समान उपरत बुद्धि से अनुष्ठान करता रहता हूं। प्राण और अपान के संयोग रूप कुम्मक काल में प्रकाशित होने वाले परमात्मा का निरंतर स्मरण करता हुआ मैं अपने आप में स्वयं ही नित्य सन्तुष्ट रहता हूं। इसीलिए मैं दोष रहित होकर चिरकाल (हमेशा) से जी रहा हूं। मेरे मन की चंचलता शांत हो गई है। मेरा मन शोक से रहित स्वस्थ समाहित एवं शांत हो चका है। लकड़ी, रमणी, पर्वत, तृण, अग्नि, हिम अथवा आकाश इत्यादि इन सब को मैं समभाव से देखता हूं। बीमारी, वृद्धावस्था तथा मृत्यु आदि से मैं भयभीत नहीं होता एवं राज्य प्राप्ति आदि से मैं हर्षित नहीं होता। इसलिए मैं अनामय होकर जीवित हूं। यह मेरा शत्रु है मेरा मित्र है। यह मेरा है, यह दूसरे का है-इस प्रकार की भेद बुद्धि को मैंने त्याग दिया है। स्वांस निद्रा एवं आहार-विहार इत्यादि सभी क्रियाएं करने वाला यह शरीर

ही है आत्मा नहीं-यह मैं अनुभव करता हूं। मैं जो कुछ भी कार्य करता हूं वह सब अहंता-ममता के बिना ही करता हूं। दूसरों के द्वारा खेद पहुंचाने पर भी दुःखित नहीं होता एवं दरिद्र होने पर भी कुछ पाने की इच्छा नहीं करता। इसलिए मैं विकार रहित हुआ बहुत काल से जी रहा हूं। मैं आपत्ति काल में भी विचलित नहीं होता। जगत-आकाश, देशकाल, परम्परा-क्रिया-इन सब में चिन्मय रूप से मैं ही हूं, इस प्रकार की मेरी बुद्धि है। इसलिए मैं विकार रहित हुआ बहुत काल से स्थित हूं। यही मेरे चिरकाल से जीवित एवं स्वस्थ रहने का एक मात्र रहस्य है"।

मिस्टर विल्सन ने पूछा-

"कण-तरंगों तथा सूक्ष्म शरीर के देवताओं के बारे में ज्ञान मुझे कहां से प्राप्त होगा?"

ऋषि भुशुन्ड ने कहा-

"इनके बारे में जानने के लिए आपको कणाद ऋषि, मार्कन्डेय ऋषि तथा गालव ऋषि के पास जाना होगा जो आपको सूक्ष्म जगत तथा कारण जगत का ज्ञान कराएंगे।" फिर उन्होंने श्री हनुमान को मिस्टर विल्सन को उन ऋषियों से मिलवाने का आग्रह किया, तो वे उन्हें ऋषि कणाद के आश्रम ले गए।

अध्याय-6

सूक्ष्म शरीर, कारण शरीर एवं देवताओं का रहस्य

कणाद ऋषि के आश्रम में पहुंच कर श्री हनुमान जी एवं मिस्टर विल्सन ने उन्हें प्रणाम किया। फिर श्री हनुमान जी ने मिस्टर विल्सन का परिचय दे कर वहां आने का कारण बतलाया। ऋषि ने मुसकुरा कर उनका स्वागत किया और अच्छे आसनों पर बैठाकर कहा-

"यद्यपि मेरा ज्ञान बहुत सीमित है फिर भी अपनी क्षमता के अनुसार आपकी जिज्ञासाओं का उत्तर दूंगा। कृपया बतलाइये, क्या जानना चाहते हैं?"

मिस्टर विल्सन ने पूछा-

'संसार के सभी पदार्थ किस प्रकार के किन मूल कणों से बने हैं?"

श्री कणाद ऋषि ने उत्तर दिया-

"वास्तव में इस सृष्टि में अनको प्रकार के कण (Particles) हैं जो तरंग रूप में दोलन या स्पंदन कम्पन कर रहे है (कोई भी स्थिर नहीं है)। परन्तु इनमें से कोई भी अकेला (Single Unit) नहीं है। सभी समूहों (Groups of Quanta) के रूप में अनियंत्रित गति (Random motion) कर रहे हैं। समस्त ब्रह्माण्ड इन कणों के समूहों से भरा हुआ है। कुछ समूहों में एक ही प्रकार के कण हैं तथा कुछ समूहों में कई प्रकार के मिले जुले कण हैं। अलग-अलग प्रकार के मिले-जुले समूहों के कण आपस में मिलकर विभिन्न पदार्थों की रचना करते हैं। परन्तु इनमें सबसे अधिक संख्या ईश्वर कणों या परब्रह्म कणों की हैं क्योंकि उनके कुछ कण प्रत्येक समूह में अवश्य उपस्थित रहते हैं जिनकी आकर्षण शक्ति से खिंचकर दूसरे कण उनके साथ मिलकर समूह बनाते हैं। इस प्रकार प्रत्येक पदार्थ प्रारंभ में शक्ति समूहों (Energy Quantum) के रूप में उत्पन्न होता है फिर बहुत सारे शक्ति समूह जुड़कर पदार्थ रूप में परिवर्तित हो जाते हैं और एक आकार ग्रहण कर लेते हैं। परन्तु वह समूचा

आकार भी कण-तरंगो के समूहों के अलावा कुछ नहीं है। अतः हम कह सकते हैं कि इस सारे ब्रह्माण्ड की प्रत्येक वस्तु तरंग रूप में ही है।

मिस्टर विल्सन ने पूछा-

"तो क्या हम सब भी कण-तरंग रूप में ही स्थित हैं?"

ऋषि कणाद ने उत्तर दिया-

"निश्चय ही! हम सब तथा संसार के समस्त प्राणी एवं समस्त वस्तुएं कण-तरंग रूप में ही है और सभी में ईश्वर कण-तरंग की कुछ न कुछ मात्रा भी अवश्य उपस्थित है। इन ईश्वर कण-तरंग को ही 'पर ब्रह्म' नाम दिया भी गया है, जो सर्वव्यापी है अर्थात जिन्हें सभी के अंदर उपस्थित कहा जाता है।

मिस्टर विल्सन ने पूछा-

'हमारे शरीर में स्थित इन विभिन्न प्रकार के कणों का कार्य क्या है? और ये कैसे शरीर को प्रभावित करते हैं? "

कणाद ऋषि ने कहा-

"यह जानने के लिए तुम्हें 'गालव ऋषि' के पास जाना होगा।"

कणाद ऋषि को प्रणाम करके तथा उनके आश्रम से निकल कर श्री हनुमान जी उन्हें गालव ऋषि के आश्रम में ले गए।

गालव ऋषि के आश्रम में पहुंचकर दोनों ने उन्हें प्रणाम किया तथा श्री हनुमान जी ने मिस्टर विल्सन का परिचय देकर उन्हें वहां लाने का कारण बतलाया, तो गालव ऋषि ने उनसे कहा-

"पूछिये! आप क्या जानना चाहते हैं?"

तब मिस्टर विल्सन ने पूछा-

"हमारे शरीरों में किस जगत के कौन-कौन से कण हैं?"

गालव ऋषि ने उत्तर दिया-

"इस सम्पूर्ण जगत की रचना विभिन्न ऊर्जा-स्तरों (Energy Level) के कण तरंगों (Particle-Waves) के द्वारा हुई है। जिसकी आवृत्ति (Frequency) तथा तरंगा दैर्ध्य (Wave Length) भिन्न-भिन्न हैं। जिन कण-तरंगों की तरंग दैर्ध्य, प्रकाश के कण तरंगों की तरंग दैर्ध्य से अधिक है तथा ऊर्जा स्तर सामान्य है,

उनसे बनी वस्तुऐं एवं प्राणी हमें दिखलाई देते हैं और उन्हें ही हम भौतिक जगत कहते हैं। इनसे अधिक ऊर्जा स्तर वाले कण तरंग जिनकी तरंग दैर्घ्य, प्रकाश के कण तरंगों की तरंग दैर्घ्य से थोड़ी कम होती है वे हमें दिखलाई नहीं देते और उन्हीं से सूक्ष्म जगत की रचना हुई है।

सूक्ष्म जगत के कण तरंगों से भी अधिक ऊर्जा-स्तर तथा और भी कम तरंग दैर्घ्य वाले कण-तरंग कारण जगत के कहलाते हैं तथा मनोजगत या भावना-जगत के कण-तरंग, कारण जगत के कण-तरंगों से भी अधिक ऊर्जा-स्तर वाले तथा और भी कम तरंग दैर्घ्य वाले होते हैं।

सूक्ष्म जगत, कारण जगत तथा मनोजगत के तरंग कण भी हमारे भौतिक शरीर में विद्यमान रहते हैं परन्तु अलग-अलग प्राणियों (थल चर, जल चर, नभ चर तथा वनस्पतियों इत्यादि) में इनकी मात्राओं तथा प्रकारों (Variation) का अनुपात अलग-अलग होता है जिससे उनके बल, बुद्धि, गुण तथा स्वभाव का निर्धारण होता है।

परन्तु इस अखिल ब्रह्माण्ड में सबसे अधिक ऊर्जा-स्तर के कण-तरंग, 'ईश्वर-कण-तरंग' (God Particles Wave) हैं। जिनकी संख्या (Quantity) भी अन्य सभी कण-तरंगों की अपेक्षा बहुत अधिक है। सभी कण-तरंग-समूहों के संयोजनों (Every combination of quanta of particle waves) में ईश्वर-कण-तरंगों की कुछ मात्रा अवश्य ही होती है। इन्हें ईश्वर-कण-तरंगों को 'परब्रह्म' नाम दिया गया है। इन्हीं के कारण ईश्वर या पर ब्रह्म को सर्वव्यापी कहा कहा गया है जो संसार की प्रत्येक वस्तु एवं प्राणी में उपस्थित है।

"भौतिक शरीर, सूक्ष्म शरीर तथा कारण शरीर में क्या सम्बन्ध है?"

ऋषि गालव ने उत्तर दिया-

"हमारे शरीरों की रचना बहुत की जटिल तरीके से तीनों ही जगतों के कण-तरंगों द्वारा हुई है। प्राणियों की ज्ञानेन्द्रियों द्वारा केवल इस भौतिक शरीर का ही अनुभव एवं कुछ हद तक नियंत्रण हो पाता है। परन्तु वास्तव में इस भौतिक शरीर पर जो भौतिक जगत में प्रकृति द्वारा बनाया गया है, पर सूक्ष्म जगत में माया द्वारा निर्मित सूक्ष्म शरीर का ही नियंत्रण होता है तथा इन भौतिक शरीरों एवं सूक्ष्म शरीरों पर कारण जगत में महामाया द्वारा निर्मित कारण शरीर का ही नियंत्रण रहता है और इन भौतिक शरीरों, सूक्ष्म शरीरों एवं कारण शरीरों पर परमेश्वर द्वारा रचित भावनाओं एवं संवेदनाओं के कण-तरंगों का नियंत्रण रहता

है। ये कण-तरंग किस जगत से आते हैं यह अभी ज्ञात नहीं हो सका है। इसीलिए प्राणियों का भवनात्मक पहलू (स्वभाव) निश्चित तौर पर नहीं बतलाया (Predict) जा सकता एक सी परिस्थितियों में दो मनुष्य अथवा एक ही प्रजाति के दो प्राणियों की प्रतिक्रिया भिन्न हो सकती है जिसे पहले से नहीं बतलाया जा सकता है। कई बार बड़े क्रूर एवं हिंसक प्राणी भी दया एवं करूणा प्रदर्शित करते हुए देखे गए हैं। इसी प्रकार कई बार अपने छोटे बच्चों को बचाने के लिए गाय अथवा अन्य कमजोर प्राणी भी बड़े, क्रूर एवं हिंसक प्राणियों से भिड़कर जीतते हुए देखे गए हैं।''

मिस्टर विल्सन ने पूछा-

''तो क्या सूक्ष्म जगत के तथा कारण जगत के विभिन्न प्रकार के कणों की प्रधानता होने पर हमारे भौतिक शरीरों पर तथा स्वभाव पर कुछ असर पड़ता है इसके कोई उदाहरण हों तो कृपया बतलाएं।

ऋषि गालव ने उत्तर दिया-

''वास्तव में तो हमारे भौतिक शरीरों की सरंचनाओं उनके विभिन्न अंगों, उनकी शक्ति एवं सामर्थ्य एवं उनकी भावनाओं एवं स्वभाव इत्यादि सूक्ष्म जगत के एवं कारण जगत के कणों की मात्रा (Quantity) तथा भावनात्मक कणों की मात्रा इत्यादि पर ही निर्भर करता है; जैसे जिन प्राणियों में 'शक्ति' कण-तरंगों की प्रधानता है वे वीर एवं साहसी होते हैं, परन्तु उन सबका स्वभाव एक से इसलिए नहीं होता हक उनमें 'शक्ति' की नौ कलाओं अथवा उनकी 'उप कलाओं' में से किसकी प्रधानता है, इस पर निर्भर करता है। इस प्रकार वीर एवं साहसी पुरुषों के स्वभाव भी सहस्त्रों, भिन्न-भिन्न प्रकार के हो सकते हैं। यदि साथ में सूर्य की कलाओं अथवा उपकलाओं के भी कुछ कण-तरंग हों तो पुरुष वीर होने के साथ तुजस्वी भी होगा यदि उसमें ब्रह्मा की कलाओं अथवा उपकलाओं के भी कुछ कण तरंग उपस्थित हैं तो वह बुद्धिमान भी होगा यदि उसमें 'अग्नि' की कलाओं अथवा उप कलाओं के कुछ कण-तरंग भी हैं तो वह न्याय-प्रिय भी होगा। यदि उसमें चन्द्र की कलाओं के कुछ कण-तरंग भी उपस्थित हैं तो वह ललित कला को भी पसंद करेगा। इत्यादि-इत्यादि। इस प्रकार हम देखते हैं कि प्रत्येक प्राणी में एक प्रकार के कण-तरंगों की प्रधानता होते हुए भी दूसरे अनेक प्रकार के कण तरंगों की उपस्थित के कारण उनका व्यक्तित्व भिन्न-भिन्न प्रकार का जोता है और अन्त में कहें तो भावनत्मक कण-तरंगों के मिले-जुले हो के कारण उनके स्वभाव भी भिन्न-भिन्न होते चले जाते हैं। इसी प्रकार एक विशेष प्रकार के कणों की प्रधानता वाले व्यक्ति अवतार पुरुष कहे जाते हैं जिन्हें देवताओं का दर्जा प्राप्त है।

मिस्टर विल्सन ने पूछा-

"एक सी परिस्थितियों में दो अलग मनुष्य अलग प्रकार की प्रतिक्रिया क्यों देते हैं?"

श्री गालव ऋषि ने उत्तर दिया-

"वास्तव में हमारे भौतिक शरीर की सरंचना जितनी जटिल है, सूक्ष्म शरीर की सरंचना उससे भी अधिक जटिल है तथा कारण शरीर की सरंचना सबसे अधिक जटिल है। हमारे चेतन मन, अवचेतन मन, विवेक, अतीन्द्रिय मन तथा भवनाओं को संचालित एवं नियंत्रित करने वाले देवताओं, जो वास्तव में कारण जगत के विभिन्न प्रकार के शक्ति कण-तरंगों एवं चेतन करण-तरंगों के समूहों के संयोजन से बने हैं, की सरंचनाओं एवं उनकी शक्तियों, क्षमताओं एवं स्वभाव के बारे में हमें अभी तक ज्यादा कुछ नहीं पता है। इसीलिए विभिन्न प्राणियों की विभिन्न परिस्थितियों में होने वाली प्रतिक्रियाओं के बारे में हम पहले से कुछ नहीं कह सकते। एक सी परिस्थितियों में दो भिन्न मनुष्य भी अलग-अलग प्रतिक्रिया कर सकते हैं यह उनके स्वभाव पर निर्भर करता है और स्वभाव मनुष्य (अथवा अन्य प्राणियों)की चेतन मन, भावनाओं एवं विवेक की सरंचना में प्रयुक्त विभिन्न प्रकार के कण-तरंगों की संख्या के अनुपात पर निर्भर करता है।"

मिस्टर विल्सन ने पूछा-

"मुझे देवताओं के बारे में ज्ञान कहां से प्राप्त होगा?"

गालव ऋषि ने कहा-

"इसके लिए तुम्हें मार्कण्डेय ऋषि के पास जान होगा।"

श्री हनुमान जी ने गालव ऋषि को प्रणाम किया और उनके आश्रम से निकलकर मिस्टर विल्सन को मार्कण्डेय ऋषि के आश्रम पर ले गए। वहां ऋषि को प्रणाम कर उन्होंने मिस्टर विल्सन का परिचय दिया और आने का कारण बतलाया। उनका अनुमोदन करने पर मिस्ट विल्सन ने पूछा-

"कृपया मुझे सूक्ष्म जगत के देवताओं के बारे में बतलाने की कृपा करें"

ऋषि मार्कण्डेय ने कहा-

"वास्तव में हमारा ज्ञान तीन जगतों तक ही पहुँच पाया है। पहला स्थूल-जगत या भौतिक-जगत (Physical World) दूसरा सूक्ष्म जगत (Subtle World) तथा

कारण जगत (Casual World)। जिनमें स्थूल जगत सबसे छोटा है। मनुष्य इसकी सीमाएं जानने की कोशिश कर रहा है। अनन्त अंतरिक्ष तक इसका विस्तार है।

सूक्ष्म जगत एवं कारण जगत जो हमें प्रत्यक्ष दिखलाई नहीं देते उनमें देवताओं (देवों एवं दैत्यों) का वास है। वास्तव में पुराने ऋषियों (वैज्ञानिकों) को अभी तक लगभग तेतीस करोड़ देवताओं (देवों एवं दैत्यों) का ही पता चल पाया है। ये देवता वास्तव में भिन्न-भिन्न प्रकार के कई कण-तरंग समूहों के संयोजन (Combination of different quanta of particle waves) है। प्रत्येक संयोजन में कई भिन्न प्रकार के कण-तरंग एक निश्चित संख्या वाले कई समूह (Quanta or packet) एक विशेष तरीके से संयोजित (Combine) हो कर एक विशेष आकार या आकृति बनाते हैं। इस प्रकार इन विभिन्न आकारों वाले असंख्य समूह सूक्ष्म जगत तथा कारण जगत में है। प्रत्येक समूहों के संयोजन (Combination of packet or quanta) में अलग-अलग प्रकार के कणों की संख्या भी भिन्न-भिन्न होती हैं। अभी तक करोड़ों प्रकार के कणों जो तरंग (Wave form) रूप में रहते हैं का पता चल चुका है, जिनके विभिन्न संयुक्त रूपों (Combination) से प्राप्त इन तेतीस करोड़ प्रकार के कणों के संयुक्त रूप (Combination) ही देवता कहे जाते हैं।

वास्तव में इस स्थूल जगत की प्रत्येक वस्तु में विभिन्न देवताओं का वास है या दूसरे शब्दों में कहें तो प्रत्येक वस्तु का प्रत्येक भाग तथा प्रत्येक मनुष्य, पशु, पक्षी, जलचर, वनस्पति तथा जिन्हें हम जड़ पदार्थ कहते है, इनमें से भी प्रत्येक का प्रत्येक भाग विभिन्न देवताओं द्वारा बना हुआ है। इस प्रकार यदि हम विशद् रूप में देखें तो इस भौतिक संसार की प्रत्येक वस्तु तथा प्राणि मात्र केवल और केवल तरंग रूपी विभिन्न कणों से बने हुए हैं।

यदि अपने शरीर को ही हम देखें तो विभिन्न अंगों का संचालन एवं नियंत्रण विभिन्न देवताओं द्वारा किया जाता है तथा उनका आपसी संबंध (Co-ordination) मन के एक भाग (चेतन भाग) द्वारा किया जाता है। वास्तव में बिना देवताओं के, जो सूक्ष्म-शरीर के रूप में प्रत्येक पदार्थ, प्राणी तथा प्रकृति के प्रत्येक कण में विद्यमान एवं कार्यरत हैं, सभी पदार्थ जिनमें हमारे तथा सभी प्राणियों के भौतिक शरीर भी शामिल हैं, मात्र कुछ रयायनों (Chemicals) के ढेर मात्र हैं। सभी पदार्थ एवं प्राणिमात्र के उद्भव, विकास, कार्यशीलता, सम्बर्धन एवं क्षरण (Decay) इत्यादि सभी कुछ देवताओं (सूक्ष्म जगत के कार्यकर्ताओं) द्वारा ही सम्पादित होता है।

श्री मार्कण्येय ऋषि ने आगे कहा-

"करोड़ों प्रकार के 'सूक्ष्म जगत' तथा 'कारण-जगत' के कण तरंगो के समूह विभिन्न संख्याओं में मिलकर लगभग तेतीस करोड़ प्रकार के संयुक्त समूह (Combnation of quanta of different types of particle) बनाते हैं। ये संयुक्त समूह दो प्रकार के होते हैं। पहले जैविक तथा दूसरे अजैविक या परजीवि।

जैविक वो होते हैं जिनमें 'कारण-जगत' के ईश्वर कण तथा आत्मा कण (या जीव) की उपस्थिति होती है। इन जैविक संयुक्त समूहों हो ही 'देवता नाम' दिया गया है तथा अणुवीक्षण यंत्रों द्वारा देखने पर इनकी आकृति रंग तथा आकार के अनुसार ही उन देवताओं की मूर्तियों की कल्पना की गई है।

क्योंकि इन सभी में परम् चेतन (चैतन्य) एवं विवेक शील तथा बुद्धि मान, कारण-जगत या चेतन-जगत के कण विभिन्न संख्याओं या मात्रा (Quantity) में उपस्थित रहते है अतः ये सभी देवता परम चैतन्य तथा बुद्धि मान एवं विवेकशील है। ईश्वर तत्व एवं आत्मा तत्व के कणों के बारे में कहा जाता है कि ये बिना नेत्रों के ही सब कुछ देख लेते है बिना कानों के ही सब कुछ सुन लेते हैं। बिना पैरों के ही असीमित (Unlimited) वेग से कहीं भी आजा सकते हैं, बिना हाथों के ही सब कुछ कर सकते हैं तथा असीमित बुद्धि एवं विवेक के स्वामी होने के कारण त्वरित निर्णय लेकर उसे कार्य रूप में परिणित भी कर देते हैं। इनकी गति एवं वेग में कोई भी भौतिक वस्तु किसी प्रकार की कोई बाधा उत्पन्न नहीं कर सकती।

ऐसे शक्तिशाली कण-तरंग विभिन्न संख्याओं में प्रत्येक देवता या 'संयुक्त-कण-तरंग-समूह' में उपस्थित हैं। इन 'कारण-जगत' के कण-तरंगों की संख्या तथा उनके साथ जुड़े विभिन्न प्रकार के कण-तरंगो की संख्या एवं उनकी प्रकृति के अनुसार ही उस देवता की शक्ति, सामर्थ्य एवं कार्य निश्चित किए गए हैं। ये सभी हमारा विकास, पालन पोषण तथा संरक्षण भी करते हैं। ये देवता इस भौतिक संसार की प्रत्येक वस्तु तथा प्रत्येक कण में व्याप्त हैं। इन्हें के कारण यह भौतिक जगत, चेतन जगत कहलाता है।

दूसरे प्रकार के अजैविक या परजीवी (Parasite) 'संयुक्त-कण-तरंग-समूह' है जो दैत्य या आसुरी संयुक्त कण तरंग समूह (Virus) कहलाते हैं। यह भौतिक जगत में बीमारियों एवं महामारियों का कारण बनते हैं। ये परजीवी होने के कारण प्राणियों के शरीर से ही भोजन प्राप्त कर जीवित रहते हैं तथा अपनी शक्ति एवं संख्या बढ़ाकर शरीर को अस्वस्थ अथवा नष्ट कर प्राणी को मृत्यु के मुंख में धकेले देते हैं।

जब भी ये किसी प्राणी के शरीर में पहुंच जाते हैं तो शरीर के अंदर देवताओं तथा दैत्यों का युद्ध प्रारंभ हो जाता है। कुछ देवता ऐसे हैं जो इन्हें केवल निष्क्रिय कर देते हैं। परन्तु अधिक शक्तिशाली दैत्यों जैसे महिषासुर, चंड, मुंड, धूम्रलोचन, शुंभ, निशुंभ तथा रक्तबीज इत्यादि (महामारियों के Virus) को नष्ट करने के लिए ऋषियों (वैज्ञानिकों) ने कई अत्यधिक शक्तिशाली देवताओं जैसे शिव, विष्णु, वरुण, सूर्य, चन्द्र, अग्नि तथा यम इत्यादि से अत्यधिक शक्तिशाली शक्ति कण-तरंग लेकर उनके संयोजन से अत्यधिक शक्तिशाली देवताओं (जिन्हें देवी कहा जाता है) की रचना की, जिन्हें महालक्ष्मी, महाकाली, महासरस्वती, दुर्गा तथा वैष्णवी इत्यादि नाम दिए गए। जिनके द्वारा महामारियों को उत्पन्न करने वाले दैत्यों को नष्ट कर दिया गया या कुछ को निगल कर समाप्त कर दिया गया।

इस प्रकार हम देखते हैं कि देवता किस प्रकार रोगों तथा महामारियों से हमारी रक्षा करते हैं। ये रोग तीन प्रकार के होते हैं। दैहिक, दैविक तथा भौतिक। चिकित्सक सही निदान करके उसी देवता की शक्ति को बढ़ाते हैं, जिसकी शक्ति क्षीण होने के कारण दैत्यों ने शरीर के उस अंग विशेष को क्षति पहुंचाई है।

वास्तव में शरीर के प्रत्येक छोटे से छोटे अंग किसी न किसी देवता द्वारा संचालित होते है, जो उस अंग के सुचारू ढंग से संचालन का उत्तरदायी होता है। पुराने ऋषियों ने सभी देवताओं को नाम दिए हैं, उनमें से कुछ के नाम इस प्रकार हैं। जैसे-मालाधारी, उमा, यशस्विनी देवी, त्रिनेत्रा, यमघण्टा देवी, शांखेनी, कालिका देवी, भगवती शांकरी सुगन्धा, चर्चिका देवी, अमृतकला, सरस्वती, कौमारी, चंडिका, चन्द्र-घण्टा, महामाया, कामाक्षी, सर्व मंगला, भद्रकाली, शूलेश्वरी, कुलेश्वरी, महादेवी, भगवती, शोकविनाशिनी, ललिता देवी, शूलधारिणी, महिष वाहिनी, कामिनी, विन्ध्यवासिनी, महाबला देवी, तेजसी देवी, श्रीदेवी, तलवासिनी, कालरात्रि, बागेश्वरी देवी, धर्मधारिणी, इन्यादि।

इस प्रकार देवता दो प्रकार के होते हैं। पहले वे जो एक विशेष प्रकार के कण-तरंगों (जैसे विष्णु, रुद्र सूर्य अग्नि इत्यादि) की प्रधानता वाले शरीर के साथ जन्म लेते हैं उन्हें कण-तरंगों के अवतार के नाम से पुकारा जाता है जैसे विष्णु के अवतार, रुद्र के अवतार इत्यादि जो सामान्य प्राणियों से अधिक क्षमता वाले होते हैं और जिनकी पूजा की जाती है। तथा दूसरे सामान्य जो प्रत्येक प्राणी के अंग-प्रत्यंग के सुचारु संचालन का काम करते हैं। इस प्रकार हम देखते हैं कि चौरासी लाख योनियों (Species) के प्राणियों के प्रत्येक अंग के लिए बने देवताओं की संख्या

लगभग तेतीस करोड़ हो जाती है। यही देवताओं की संख्या (जो हमारे प्राचीन ग्रंथों में वर्णित है) का रहस्य है।"

मिस्टर विल्सन ने पूछा-

"इस सृष्टि की रचना में प्रयुक्त मूल कण कौन से हैं?"

ऋषि मार्कण्डेय ने उत्तर दिया-

"वास्तव में जिन कण-तरंगों को हमने 'ईश्वर-कण-तरंग' कहा है वे ही कारण जगत में व्याप्त सबसे सूक्ष्म एवं सबसे अधिक शक्तिशाली है, जिनका ऊर्जा-स्तर सबसे अधिक एवं तरंग-दैर्घ्य (Wave length) सबसे कम है। इन्हीं को ऋषियों ने 'परब्रहम' नाम दिया है। इन्हीं कण-तरंगों को प्रमुख-अणु जिसे प्र+अणु या 'प्राणु' अथवा 'प्राण' नाम दिया है। इसी प्राण को धारण करने पर जीव 'प्राणी' कहलाता है। इसी 'प्राण' से जीव में चेतना होती है। बिना प्राण के शरीर की मृत्यु हो जाती है, वह निष्क्रिय हो जाता है।

क्योंकि संसार की प्रत्येक वस्तु की रचना में आधारभूत ये ही कण विद्यमान हैं इसीलिए जीवों तथा जड़-चेतन सभी में परब्रहम स्थित है। इस अखिल ब्रहमाण्ड की रचना भी परब्रहम द्वारा ही की गई है। इसी से जीव की रचना हुई है। फिर उस परम शक्तिशाली परमेश्वर ने आत्मा अहं, विवेक तथा मन के कणों की रचना की है तथा मन को कल्पना (भावना) द्वारा इस आभासी जगत(virtual world) की रचना की प्रेरणा दी है जिसका परिणाम हम सब हैं।

मिस्टर विल्सन ने पूछा-

"तो क्या परब्रहम और परमेश्वर दोनों अलग (भिन्न) हैं। लोग परबहम को ही परमेश्वर कहते हैं, क्या ऐसा नहीं है?"

ऋषि मार्कण्डेय ने उत्तर दिया-

"वास्तव में परब्रहम सबसे सूक्ष्म परम शक्तिशाली कण (Particles) हैं जो इस ब्रहमान्ड की प्रत्येक वस्तु की रचना के आधारभूत (Basic) हैं, जिनके साथ दूसरे कण (Other types of particles) मिलकर विभिन्न पदार्थों एवं प्राणियों की रचना कहते हैं। इसलिए अधिकांश ऋषियों उन्हीं को ईश्वर माना है, परन्तु वास्तव में ऐसा नहीं हैं। जिसने उन परब्रहम कणों की रचना की है, वही परमेश्वर है। मनुष्य ने परब्रहम को खोज लिया है और वह उसी से संतुष्ट है परन्तु परमेश्वर तक उसकी पहुंच नहीं है क्योंकि वह मन, बुद्धि तथा कल्पना से परे है। उसकी

उपस्थिति का केवल आभास मात्र मनुष्य को होता है परन्तु वह उसकी शक्ति, आकार एवं विशालता की कल्पना भी नहीं कर पाता क्योंकि वैसी कोई वस्तु मनुष्य ने कभी देखी, सुनी या सोची ही नहीं। इसलिए उसे कल्पना से परे (Beyond imagination) कहा गया है।"

मिस्टर विल्सन ने पूछा-"तो फिर परमेश्वर को कैसे समझा जाए?"

ऋषि ने उत्तर दिया-

"परमेश्वर को समझने के लिए अभी हमारा ज्ञान पर्याप्त नहीं है। केवल इतना पता है कि वह सर्वशक्तिमान है परन्तु वह कैसा है? कहां है? कौन है? यह भी तक नहीं जाना जा सका है।"

मिस्टर विल्सन ने पूछा-

'आधुनिक भौतिक विज्ञान (Physics) की एक नई शाखा जिसे क्वान्टम-फिजिक्स कहा जाता है, के अनुसार इस भौतिक जगत की किसी भी वस्तु का वास्तविक अस्तित्व है ही नहीं। यह सब हमारी कल्पना का परिणाम है। क्या यह सत्य है?"

मार्कण्डेय ऋषि ने उत्तर दिया-

"हमारे वेदान्त के सिद्धांत के अनुसार यह संसार जो हमें सब प्रकार से परिपूर्ण, जड़ एवं चेतन से युक्त चलता फिरता दिखलाई दे रहा है, इसका अस्तित्व वास्तव में है ही नहीं। यह सब मन की कल्पना किया तथा आंखों द्वारा देखा गया आभासी (Virtual) दृश्य ही है। वास्तविक (Real) रूप में तो यहां शून्य में उपस्थित कण-तरंग समूहों (Quanta of wave particles) के अलावा कुछ भी नहीं है।

वेदान्त के सिद्धांत का तात्पर्य यह है कि इस भौतिक जगत, सूक्ष्म जगत तथा कारण जगत इत्यादि की प्रत्येक वस्तु कुछ सूक्ष्म कण-तरंगों (Particles wave) के अस्थाई संयोजन (Temporary combination) मात्र हैं जो कुछ समय के बाद किसी कारण से बिखर कर अलग हो जाते हैं, और वस्तु या प्राणी का भौतिक अस्तित्व समाप्त हो जाता है तथा वह हमारी दृष्टि से ओझल हो ताता है, और वहां केवल शून्य ही दृष्टिगोचर होता है।

उस सर्वशक्तिमान परमेश्वर ने ही इस महाशून्य में 'ईश्वर तत्व' अहं, बुद्धि या विवेक एवं मनस्तत्व या मन रूपी कणों की जो वास्तव में अति सूक्ष्म तथा तरंग रूप (Wave form) में दोलन या कम्पन तथा स्पन्दन (Oscillate or vibrate)

करते रहते हैं, के द्वारा कारण शरीर (Casual body) तथा सूक्ष्म शरीर (Subtle body) की रचना की है और चेतन मन को कल्पना द्वारा विभिन्न कल्पित वस्तुओं को आभासी आकार (Virtual shape) की शक्ति प्रदान की है।

वही चेतन मन जिसका सूक्ष्म शरीर एवं कारण शरीर पर नियंत्रण है, अपनी कल्पना द्वारा अपनी वासनाओं की पूर्ति के लिए इस भौतिक शरीर की रचना करता है और इस पर नियंत्रण भी रखता है। मन की जैसी कल्पना (इच्छा) होती है, वह उसी योनि (मनुष्य, पशु, पक्षी जल चर अथवा कीट, पतंग इत्यादि) के शरीर की रचना कर लेता है और इस संसार में अपनी वासनाओं (इच्छाओं) की पूर्ति का प्रयत्न करने लगता है।

परन्तु यह चेतन मन परम स्वतंत्र नहीं है, इस पर अहं का नियंत्रण है। जीव (ईश्वर तत्व तथा आत्मा तत्व के कणों का संयुक्त रूप) का अवचेतन मन पर तथा अवचेतन मन का बुद्धि या विवेक पर नियंत्रण है। इस प्रकार इस शरीर पर दो विरोधी शक्तियों का नियंत्रण है।

अहं तथा चेतन मन का एक पक्ष तथा बुद्धि और अवचेतन मन का दूसरा पक्ष है इन दोनों में हमेशा लड़ाई एवं विरोध चलता रहता है जब जो पक्ष हावी हो जाता है वह भौतिक शरीर से वैसा ही कर्म करवा लेता है। जीव सामान्यतः निष्पक्ष रूप से इन को देखता रहता है और विशेष परिस्थितियों में ही हस्तपेक्ष करता है।"

मिस्टर विल्सन ने पूछा-

"कारण शरीर किन अवयवों से बना है?"

ऋषि मार्कण्डेय ने उत्तर दिया-

"वास्तव में स्थूल जगत का अस्तित्व है ही नहीं जो कुछ जीव, वनस्पति, वस्तुएं एवं जड़-चेतन सब कुछ तरंग रूप कणों के समूहों (Quanta), जिन्हें हम देवता कहते हैं, के संयुक्त रूप ही है जो सूक्ष्म-जगत के भाग हैं। इस प्रकार हम विचार करें तो अनन्त विस्तार वाले कारण जगत (Casual world) में ही सूक्ष्म-जगत (subtle world) समाया हुआ या स्थित है और सूक्ष्म-जगत में ही स्थूल जगत समाया हुआ है। इसे इस प्रकार कह सकते है कि कारण जगत में सूक्ष्म-जगत तथा सूक्ष्म जगत में स्थूल जगत स्थित है या समाया हुआ है।

इसी कारण स्थूल जगत की प्रत्येक वस्तु में कारण-जगत के दो प्रकार के कण, ईश्वर तत्व के कण तथा आत्मा तत्व के कण अवश्य ही मौजूद रहते हैं ये दोनों ही प्रकार के कण भौतिक जगत या स्थूल जगत की प्रत्येक वस्तु के मूल कण (Basic particles) हैं ये ही कण बाकी (दूसरे प्रकार के) कणों को अपने साथ एकत्रित कर के प्रत्येक वस्तु को स्थूल रूप प्रदान करते तथा उसे चेतना (Conciousness) तथा आधार प्रदान करते हैं। किसी भी प्राणी (जीव) या वस्तु या वस्तु में से इन मूलकणों के निकल जाते ही वस्तु या जीव (प्राणी) के बाकी कण निष्क्रिय हो कर बिखरने लगते हैं तथा वस्तु नष्ट (Decay) होने लगती है इन कणों के निकलते ही अन्य सभी देवता जो तरंग रूपी कणों के रूप में हैं वापस सूक्ष्म जगत में दोलन (Oscilate) करने लगते हैं और वह वस्तु या प्राणी का भौतिक शरीर समय या काल के कणों द्वारा वापस तरंग रूप में परिवर्तित कर दिया जाता है।

मिस्टर विल्सन ने मार्कण्डेय ऋषि से पूछा-

"क्या मैं ऐसे कुछ लोगों से मिल सकता हूं, जिनमें किसी विशेष प्रकार के कण-तरंगों की प्रधानता हो।"

ऋषि मुस्कुराए फिर बोले-

"जिन मनुष्यों में किसी विशेष कण-तरंगों (देवता) की प्रधानता रहती है वे उसी देवता के अवतार पुरुष कहलाते हैं और उनमें उसी देवता के विशेष गुण प्रधानता से पाए जाते हैं, जैसे विष्णुकणों की प्रधानता वाले पुरुष, श्रीराम, श्री कृष्ण आदि विष्णु के अवतार कहलाते हैं। जिनमें शिवकणों की प्रधानता है वे शिव के अवतार, जिनमें रूद्र कणों की प्रधानता है वे रूद्र के अवतार कहे जाते हैं। परन्तु असीम शक्ति की अवतार माता दुर्गा, महालक्ष्मी, महासरस्वती, महाकाली तथा चामुन्डा इत्यादि में विष्णु, शिव, रूद्र, सूर्य, अग्नि, वरुण इत्यादि के बहुत से शक्तिशाली कणों का उचित अनुपात में समावेश कर के विशेष कार्यों, जैसे महिषासुर, शुम्भ तथा निशुम्भ जैसे असुरों (महामारी उत्पन्न करने वाले वायरस) का नाश करने के लिए, ऋषियों (वैज्ञानिकों) द्वारा इनकी रचना की गई थी।

और फिर देर क्या जाना-

ये जिनके साथ तुम आए हो, इनमें शिवकणों की प्रधानता है, इसीलिए इन्हें शिव का पुत्र या 'शंकर-सुवन' कहते हैं और शिवकण तरंगों की प्रधानता के कारण इनका व्यक्तित्व और चरित्र तो तुम स्वयं देख ही रहे हो। अपने भक्तों की हर संकट से रक्षा करने वाला इन जैसा और कौन है? और उदाहरण देखना चाहो जो ये तुम्हें हिमालय के एक पर्वत शिखर पर निवास करने वाली 'विष्णु-माया' या वैष्णवी जिन्हें लोग 'वैष्णो देवी' के नाम से पुकारते हैं, से तुम्हें मिलवा देंगे। जिनमें विष्णु-कण तरंगों की प्रधानता है। उनमें विष्णु का तेज एवं दया तथा करुणा है।

वे अपने भक्तों की हर प्रकार से रक्षा करती हैं तथा उनकी हर मनोकामना पूर्ण करती हैं। उनके दर्शन तुम अवश्य करना तभी तुम्हारा भारत आना सफल होगा।''

यह कहकर ऋषि मार्कण्डेय ने श्री हनुमान जी को प्रणाम किया एवं जाने की आज्ञा मांगी, और वे चले गए। अब तक रात का अंधेरा सब ओर छा चुका था। मिस्टर विल्सन ने श्री हनुमान जी से देवी वैष्णवी के दर्शन कराने की इच्छा प्रकट की तो वे उन्हें हिमालय की एक दूर उपत्यका (चोटी या शिविर) पर ले गए। वहां चारों ओर अंधेरा था परंतु श्री हनुमान जी के शरीर के तेज से इतना प्रकाश हो रहा था कि सब कुछ साफ दिखलाई दे रहा था। कुछ मिनटों बाद वहां शेरों की दहाड़ सुनाई दी तो मिस्टर विल्सन ने डर कर श्री हनुमान जी की ओर देखा तो उन्होंने उन्हें आश्वस्त किया कि डरने की कोई बात नहीं है। तभी वहां लाल साड़ी पहने अत्यन्त ही तेजस्वी देवी प्रकट हुई उनके तेज से चारों ओ तीव्र प्रकाश फैल गया मिस्टर विल्सन की आंखें उस तेज को न सह सकने के कारण बन्द हो गई तब हनुमान जी ने कहा-

''वत्स! आंखें खोलो और माता वैष्णवी को प्रणाम करो जो अपने भक्तों का माता की तरह पालन करती हैं, उनकी हर विपदा से रक्षा करती हैं तथा उनकी हर मनोकामना पूर्ण करती हैं। तुम इनसे अपनी मनचाही वस्तु मांग सकते हो।''

श्री हनुमान जी की आवाज सुनकर मिस्टर विल्सन ने आंखें खेलने का प्रयत्न किया परन्तु माता जी के तेज के कारण उनकी आंखें बहुत थोड़ी सी ही खुल सकीं और उनको केवल माता वैष्णवी के चरणों के ही दर्शन हो पाए। उनके दोनों बगल दो विशाल शेरों के वे एक क्षण को ही देख पाए फिर उनके नेत्र बन्द हो गए। वे घुटनों के बल बैठ गए और हाथ जोड़कर बोले-उनके नेत्र बन्द हो गए। वे घुटनों के बल बैठ गए हाथ जोड़कर बोले-

''मुझे केवल ज्ञान पाने की ही अभिलाषा है।'' तभी उन्हें माता वैष्णों देवी की मधुर आवाज आकाश एवं पर्वतों में गूंजती हुई सुनाई दी-

''पुत्र! श्री हनुमानजी की कृपा से तुम्हें तत्व एवं गूढ़ (गुप्त या छुपा हुआ) ज्ञान तो प्राप्त हो गया है अब तुम्हें आत्मज्ञान ओर हो जायेगा जो तुम्हें शीघ्र ही प्राप्त होगा और तुम इस संसार के माया मोह को त्याग सकोगे। श्री हनुमान जी अब तुम्हें वापिस तुम्हारे स्थान पर पहुंचा देंगे।''

ठनता कहकर माता वैष्णवी ने श्री हुनमानजी को प्रणाम किया और अदृश्य हो गई।

अब मिस्टर विल्सन की आंखें खुलीं और उन्होंने उस चट्टान की ओर देख जहां माता वैष्णों देवी प्रकट हुई थीं। भी हनुमानजी ने कहा-

"तुम बहुत थक गए हो तुम्हें विश्राम की आवश्यकता है अतः मैं तुम्हें यहां पास के ही नगर कटरा में विश्राम-ग्रह (Rest-house) में पहुंचा देता हूं वहां तुम रात भर सो सकोगे।" अगले पल ही मिस्टर विल्सन ने अपने आप को एक कमरे में बैड पर लेटे हुए पाया, और थकान के कारण उनकी आंखें बन्द हो गई और वे प्रगाढ़ निद्रा में सो गए।

अध्याय-7

सृष्टि रचना का रहस्य

सतपाल सिंह की पंडित जी पर बड़ी श्रद्धा थी तथा वह उनका बड़ा प्रशंसक था। उसकी फ्लाइट समय से मुम्बई पहुंची थी अतः वह घर पर हल्का नास्ता करके होटल में पंडित जी के पास ही पहुंच गया। तब तक मृगराज भी ड्यूटी ज्वाइन करके एवं अगले दो दिन की छुट्टी की अर्जी देकर होटल वापस पहुंच चुका था और शाम की चाय पीकर पंडित जी के कमरे में ही पहुंच गया। पंडित जी ने सतपाल का परिचय मृगराज से कराया। सतपाल ने मृगराज को बहुत पसन्द किया एवं दूसरे दिन यज्ञ में शामिल होने को उसे आमन्त्रित किया तब पंडितजी ने उसे बताया कि उसके पिताजी भी मृगराज से मिल चुके हैं एवं उसे कल घर आने के लिए आमन्त्रित कर चुके हैं।

मृगराज को जब पता चला कि सतपाल पंडितजी से कुछ ज्ञान प्राप्त करने आया है तो उसकी भी जिज्ञासा जाग्रत हुई। वह भी पंडित जी से कुछ ज्ञान प्राप्त करना चाहता था, अतः उसने पूछा-

"पंडित जी सृष्टि की रचना किन तत्वों से हुई है?"

पंडित जी ने कुछ क्षण विचार किया फिर बोले-

"इस सृष्टि की रचना अनेकों प्रकार के कणों से हुई है जो तरंग रूप में सत्त गतिमान हैं। इसलिए उन्हें कण तरंग (wave particles) कहते हैं। सारा ब्रह्माण्ड उन्हीं से भरा हुआ है। इस अखिल ब्रह्माण्ड में कहीं भी शून्य या खाली स्थान (vacuum) नहीं है इसमें असंख्य (innumerable) प्रकार के अनेकों विभिन्न ऊर्जा-स्तर (energy level) वाले, विभिन्न आवृत्तियों तथा तरंग-दैर्ध्य (wave length) वाले तरंग-कण (wave particles) अनवरत दोलन तथा स्पन्दन (oscillate and vibrate) करते हुए, अनियंत्रित गति (random motion) से चलायमान हैं। ऊर्जा-स्तर के अनुसार ऋषियों (scientists) ने इन्हें (पहचान के लिए) विभिन्न नाम दे दिए हैं। जैसे ईश्वर या परब्रह्म तरंग-कण जिनका ऊर्जा स्तर सबसे अधिक तथा

तरंग-दैर्ध्य सबसे कम है। इनसे कम ऊर्जा-स्तर वाले कण जो तरंग-रूप में रहने के कारण कण-तरंग या तरंग कण कहलाते हैं, उनके नाम रुद्र कण-तरंग, विष्णु कण-तरंग, ब्रह्मा कण तरंग, शक्तिकण तरंग इत्यादि हैं। इन सभी कण-तरंगों की तरंग-दैर्ध्य प्रकाश के कण-तरंगों की तरंग-दैर्ध्य से कम होने के कारण ये हमें दिखलाई नहीं देते। इन्हीं से सूक्ष्म जगत, कारण जगत तथा मनोजगत इत्यादि की रचना हुई है। आत्मा, जीव, अहं, मन, बुद्धि, प्राण इत्यादि सब इन्हीं से बने हैं, लेकिन भौतिक शरीर तथा भौतिक जगत के सभी पदार्थ जिन कण-तरंगों से बने हैं, उनका ऊर्जा-स्तर सूक्ष्म जगत तथा कारण जगत के कण तरंगों के ऊर्जा-स्तर से अपेक्षाकृत कम है तथा इन कण-तरंगों की तरंग दैर्ध्य, प्रकाश के कण तरंगों की तरंग दैर्ध्य से अधिक है। इसीलिए भौतिक जगत की प्रत्येक वस्तु हमें दिखलाई देती है। ये ही विभिन्न प्रकार के कण, विभिन्न अनुपातों में मिलकर विभिन्न देवताओं की रचना करते हैं, परन्तु सभी में मूलभूत कण, ‘ईश्वर तत्व के कण’ अलग-अलग मात्रा में अवश्य उपस्थित रहते हैं जो उस पदार्थ या वस्तु की शक्ति, सामर्थ्य तथा जीवन की अवधि निर्धारित करते हैं। इस प्रकार हम कह सकते हैं कि ईश्वर जिसे परबह्म भी कहा जाता है, हर वस्तु में, हर प्राणी में तथा हर स्थान पर उपस्थित है अर्थात पूरे ब्रह्मांड में ईश्वर या परब्रह्म व्याप्त है, जो चेतना के रूप में हर स्थान पर हर कण में दोलन, घूर्णन तथा विभिन्न कक्षाओं में घूमने की गति प्रदान करता है।

वास्तव में कोई वस्तु स्थिर नहीं है, न ही कोई वस्तु निर्जीव है। जिन वस्तुओं को हम निर्जीव समझते हैं, उनमें भी प्रत्येक अणु में ईश्वर तत्व विद्यमान है जिसके कारण उसका प्रत्येक अणु दोलन करता रहता है।”

सतपाल सिंह ने पूछा-“जीवों में चेतना का मूल श्रोत क्या है?”

पंडित जी ने उत्तर दिया-

“चेतना (conciousness) ‘करण-जगत’ के कण (मूलकण) ‘ईश्वर-कण’ के ही कारण प्रत्येक प्राणी एवं वस्तु में उपस्थित होती है। अतः यह ‘कारण-जगत’ का विषय है जिसके बारे में (कारण जगत के बारे में) मनुष्य का ज्ञान लगभग शून्य ही है। पुराने ऋषियों की पहुंच केवल सूक्ष्म-जगत जक ही हो पाई है और उन्होंने कारण जगत के मूलकण ईश्वर कण को ही ‘परब्रह्म’ या ईश्वर मान लिया है क्योंकि इस भौतिक जगत की प्रत्येक वस्तु एवं प्राणी में वह व्यापक रूप से उपस्थित है।

परन्तु वास्तव में इन सबका रचयिता-सर्वशक्तिमान कौन हैं? कैसा है? कहां है? यह अभी तक रहस्य ही बना हुआ है।”

सतपाल सिंह ने पूछा-,

"क्या प्रकृति और माया अलग-अलग है?"

पंडित जी ने उत्तर दिया-

"सूक्ष्म जगत तथा कारण जगत के विभिन्न कण-तरंगों के समूहों (quanta of wave particles) के संयुक्त रूपों (combination), जिन्हें हम देवता कहते हैं, उन्हीं सब देवताओं के संयुक्त रूप (as a whole) का 'माया' नाम दिया गया है। माया द्वारा प्रकृति भौतिक जगत की रचना करती है जिसमें सूक्ष्म जगत तथा कारण जगत के अवयव भी शामिल हैं। इस में चेतन भाग, कारण जगत के ईश्वर कण-तरंगों द्वारा ही प्राप्त होते है। इसीलिए इस भौतिक जगत के निर्माता प्रकृति तथा पुरुष (ईश्वर) कहे जाते हैं।

सतपाल ने पूछा-"क्या कारण जगत के परे (beyond) भी कोई और जगत है?

पंडित जी ने उत्तर दिया-"कारण जगत से परे (beyond) मनो जगत (psychic world) तथा मनोजगत के परे (beyond) भाव जगत या भावना जगत (emotional world) है।

मनोजगत के देवता-हर्ष, विषाद, भय, क्रोध, निद्रा, तन्द्रा, ईर्षा, द्वेष, छल, कपट, चतुराई, मूर्खता, अवहेलना, घृणा, तुष्टि, आशा, निराशा, संतोष, विरोध, असंतोष, अवमानना, क्लेश, तृप्ति, हताशा एवं साहस इत्यादि हैं, जो केवल मन, बुद्धि, विवेक एवं अहं को ही प्रभावित करते हैं। मन एवं बुद्धि इत्यादि, शरीर के दूसरे अंगों के देवताओं को प्रभावित करते हैं, जिससे कई बार पूरा भौतिक शरीर ही प्रभावित हो जाता है। जिसके कारण इनके परिणाम बहुत अच्छे अथवा बहुत बुरे हो जाते हैं।

भावना जगत के देवता-श्रद्धा, विश्वास, आत्म समर्पण, त्याग, वैराग्य, प्रेम, बलिदान, करुणा, प्रशंसा एवं स्तुति अथवा प्रार्थना इत्यादि हैं। इनकी पहुंच आत्मा एवं जीव तक भी हैं, यद्यपि प्रारंभ में ये मन, बुद्धि एवं विवेक को ही प्रभावित करते हैं, जिसके द्वारा सबसे पहले मस्तिष्क तथा बाद में अन्य अंग प्रभावित होते हैं। इनका परिणाम शत-प्रतिशत लाभप्रद ही होता है एवं मनुष्य की आत्मा का स्तर ऊँचा उठता चला जाता है, एवं वह महान आत्मा या महात्मा बन जाता है।

सभी सामान्य प्राणी केवल वर्तमान में ही जीते हैं, उन्हें पता नहीं होता कि अगले पल क्या होने वाला है। वे केवल आशा का ही सहारा लेकर प्रसन्न रहने

का प्रयत्न करते हैं। इस भौतिक जगत में सामान्य प्राणी की परमेश्वर तक पहुंच केवल प्रार्थना अथवा स्मरण (भजन) मात्र से है।

कर्म योगी की पहुंच सूक्ष्म जगत तक है अतः वह परिणाम या फल की चिन्ता या आशा के बिना ही निष्काम कर्म करता रहता है और परमेश्वर का साक्षात्कार करता है।

ज्ञान योगी या सांख्य योगी की पहुंच कारण जगत तक है। वह ईश्वर कण-तरंग या परब्रह्म तक पहुंच जाता है और परब्रह्म तक पहुंच कर तथा उसका साक्षात्कार या अनुभव कर के ही संतुष्ट हो जाता है और उसे ही परब्रह्म या परमेश्वर कहता है। तथा उसके सानिध्य में ही अलौकिक, सुख का अनुभव करके संतुष्ट हो जाता है।

भक्ति योगी मनो जगत तक पहुंच जाता है और परमेश्वर का पिता-माता, भाई, सखा, बालक इत्यादि के भाव से देखकर उसके समीप पहुंचने का प्रयत्न करता है।

परमयोगी की पहुंच भावना जगत तक है, वह परमेश्वर को केवल श्रद्धा भाव से देखता है, उसकी पहुंच श्रद्धा द्वारा परमेश्वर तक हो जाती है अतः वह सब कुछ उस पर परमेश्वर को ही अर्पण कर देता है तथा प्राप्त पदार्थों को उसी का दिया हुआ मानकर, बड़ी श्रद्धा पूर्वक उनका उपयोग करता है।

उसके परे भी कोई और जगत हैं या नहीं अभी मनुष्य की पहुंच उन तक नहीं हुई है। परमेश्वर हर जगत में स्थित है। हर प्राणी का परमेश्वर का अनुमान है कि परमेश्वर है और उस पर हर प्राणी को विश्वास भी है और वह किसी भी मुसीबत के समय जब सभी भौतिक साधनों तथा सहायताओं से निराश हो जाता है तो अन्त में परमेश्वर को ही याद करता है।"

सतपाल सिंह ने पूछा-

"पंडित जी! इन कण-तरंगों के समूहों तथा देवताओं को सबसे पहले किसने खोजा?"

पंडित जी ने कुछ सोचकर उत्तर दिया-

"वैसे तो पृथ्वी पर मानव जाति के विकास के विकास के प्रथम मन्वन्तर जिसके मनु स्वायम्मुव हैं। (एक मन्वनतर का समय मानव वर्षों के अनुसार तीस करोड़ सड़सठ लाख बीस हजार वर्ष होता है।) से ही ऋषियों (वैज्ञानिकों) ने इन कण तरंग समूहों (Quanta of wave particles) का रहस्य जान लिया था तथा बाद के छहों मन्वन्तरों जिनके नाम-स्वरोचिष (स्वरोचिष), औत्तम, तामस, रैवत और

चाक्षुष हैं तथा अब जो वैवस्वत मन्वन्तर चल रहा है उसमें भी ऋषियों (वैज्ञानिकों) द्वारा इनकी खोज जारी है। इस वैवस्वत मन्वन्तर में जो इस समय चल रहा है, कण-तरंगों के विषय में सबसे पहले कणाद ऋषि (वैज्ञानिक) ने पता लगाया। उन्होंने लाखों, करोड़ों प्रकार के कण-तरंगों की पहचान की तथा यह पता लगाया कि ये कण (quantum) अकेले न रह कर समूह रूप (quanta) में गति करते हैं। एक प्रकार से देखा जाए तो सूक्ष्म-जगत की खोज सबसे पहले उन्होंने ही की।

फिर कुछ समय पश्चात 'प्रजापति दक्ष' की दो पुत्रियों 'दिति' तथा 'अदिति' ने विभिन्न प्रकार के कई कण-तरंग समूहों के संयुक्त रूपों (combination of different quanta of different particle-waves) की खोज की जिसमें दिति ने जो 'कण-तरंग समूहों के संयुक्त रूप' खोजे वे दैत्य या असुर कहलाएं जो मनुष्यों एवं अन्य प्राणियों को हानि पहुंचाने रोग उत्पन्न करते अथवा नष्ट (मार देते) कर देते हैं।

तथा अदिति ने जिन 'कण-तरंग समूहों के संयुक्त रूपों' की खोज की वे 'सुर' या देवता कहलाए जो भी जीव जंतुओं एवं वनस्पतियों के अन्दर अदृश्य रूप में उपस्थित रह कर उनकी विभिन्न क्रिया-कलापों का सम्पादन करते हैं। किसी भी जीव, जंतु या वनस्पति (पेड़-पौधे) का भौतिक शरीर बिना इन देवताओं की सहायता के निष्क्रिय ही रहता है। सभी प्राणियों एवं वनस्पतियों के 'सूक्ष्म शरीर' इन्हीं विभिन्न देवताओं के संयोजन से ही बने होते हैं। अतः कह सकते हैं कि 'सूक्ष्म जगत' की खोज कणाद ऋषि दिति तथा अदिति ने की है। इसीलिए 'दिति' को दैत्यों (असुरों) की माता तथा 'अदिति' को देवताओं (सुरों) की माता कहा जाता है।"

सतपाल सिंह ने फिर पूछा-

"पंडित जी! करण जगत के 'कण-तरंग समूहों' की खोज किसने की? कृपया बतलाने की कृपा करें।"

पंडित जी ने उत्तर दिया-

"ऋषि मार्कण्डेय तथा ऋषि गालव ने कारण जगत के 'शक्ति-कण-तरंग समूहों' तथा 'चेतन कण-तरंग समूहों' की खोज की। शक्ति-कण तरंग समूहों को 'नव दुर्गा' नाम दिया गया तथा 'चेतन-कण-तरंग समूहों' को ईश्वर-कण तरंग समूह, आत्मा-कण-तरंग समूह, विष्णु कण तरंग समूह, शिव कण तरंग समूह, ब्रह्मा कण तरंग समूह, सरस्वती कण तरंग समूह, लक्ष्मी कण तरंग समूह तथा दुर्गा कण तरंग समूह इत्यादि नाम दिए गए हैं। इन सभी को बाहरी शक्तिशाली देवता कहा जाता है।

इस भौतिक जगत की रचना प्रकृति द्वारा होती है तथा सूक्ष्म जगत की रचना 'माया' द्वारा होती है तथा कारण जगत की रचना 'महाभारत' द्वारा होती है। परन्तु इनके अतिरिक्त और कितने जगत हैं जिनके बारे में हमें पता नहीं है तथा इन सब की रचना करने एवं संचालन करने वाले परमेश्वर के बारे में किसी को पता नहीं है। बस इतना पता है कि वह है। परन्तु कौन है? कैसा है? कहां रहता है? इत्यादि कुछ भी पता नहीं है।''

पंडित जी ने आगे फिर कहा-

''देवता दो प्रकार के हैं। एक वो जो सभी प्राणियों, वनस्पतियों एवं चर-अचर सभी के प्रत्येक अंगों में विद्यमान हैं, एवं उनका संचालन करते हैं। दूसरे वे जो पृथ्वी पर विभिन्न रूपों में अवतार ले कर मूर्तरूप् में प्रकट हुए हैं। ये जागृत देवता कहलाते हैं। मूर्तियों में इनकी प्राण-प्रतिष्ठा की जाती है तो वे मूर्तियां भी जागृत देवताओं के समान ही मनुष्य की सभी मनोकामनाएं पूर्ण करती हैं। इनका सम्बन्ध भाव जगत तथा श्रद्धा जगत से होता है।

सभी देवताओं में सूक्ष्म जगत एवं कारण जगत के विभिन्न कण जैसे चेतन एवं शक्तिकण तरंग समूह सब मिले रहते हैं जिससे वे क्रियाशील, शक्तिशाली एवं विवेक तथा बुद्धि वाले होते हैं वे सब प्राणियों के मन के भाव पढ़ एवं समझकर प्रतिक्रिया करते हैं। इन देवताओं में किन्हीं विशेष प्रकार के कण-तरंगों की प्रधानता रहती है तथा वे उन्हीं के अवतार कहलाते हैं। जैसे जिनमें विष्णु कणों की प्रधानता होती है वे विष्णु के अवतार, जिनमें रुद्र कंधों की प्रधानता होती है वे रुद्र के अवतार आदि कहलाते है।

ये देवता अखिल ब्रह्माण्ड में तरंग-कणों के समूहों के रूप में विद्यमान हैं तथा वे लाखों, करोड़ों किलोमीटर दूर से भी आपके मन की आवाज (भावनाएं) सुनकर तुरंत सहायता के लिए आ जाते हैं। इन सभी देवताओं में न्यूनाधिक मात्रा में ईश्वर-कण अवश्य उपस्थित रहते हैं इसीलिए ईश्वर को सर्वव्यापी कहा जाता है और इनके द्वारा की गई सहायता को भी ईश्वर प्रदत्त सहायता कहा जाता है।

सतपाल सिंह ने पूछा-

''पंडित जी कृपया देवताओं के बारे में भी कुछ बतलाइये।''

पंडित मक्खन लाल शास्त्री ने उत्तर दिया-

"सभी देवताओं की अनेकों भिन्न-भिन्न कलाओं (types) का पता भी पुराने ऋषियों ने लगाया है ये सभी कलाएं उन देवताओं के मूल रूप की ही कुछ परिवर्तन के साथ प्रतिरूप है जो अलग-अलग प्रकार के कार्य सम्पादित करने में सक्षम हैं।

ये सब मिलाकर लगभग तेतीस करोड़ होते हैं परन्तु हम कुछ ही देवताओं की कलाओं (varients) या प्रतिरूपों के नाम यहां बतलाएंगे। पुरातन शाक्त ग्रन्थों में वर्णित कलाए इस प्रकार हैं विष्णु की दस कलाएं, सूर्य की बारह, चन्द्र की सोलह, ईश्वर की छः, रुद्र की ग्यारह, अग्नि की दस तथा शक्ति की नौ कलाएं। 'सौभाग्य रत्नाकर' ग्रन्थ के अनुसार सदाशिव की उन्नीस कलाओं के नाम-निवृत्ति, प्रतिष्ठा, विद्या, शान्ति, इन्चिका, दीपिका, रेचिका, मोचिका, परा, सूक्ष्मा, सूक्ष्मामृता, ज्ञानामृता, अमृता, आप्यायिनी, व्यापिनी, व्योमरूपा, मूलविद्या मंत्रकला, महामन्त्रकला और ज्योतिकला हैं।

ईश्वर की छः कलाओं के नाम-पीता, श्वेता, नित्या, अरूणा, असिता और अनन्ता हैं।

रुद्र की ग्यारह कलाओं क नाम- तीक्ष्णा, रौद्री, भया, निद्रा, तन्द्रा, क्षुधा, क्रोधिनी, क्रिया, उद्गारी, अमाया और मृत्यु हैं।

विष्णु की दस कलाओं के नाम- जडा, पालिनी, शान्ति, ईश्वरी, रति, कामिका, वरदा ह्रादिनी प्रीति और दीक्षा हैं।

ब्रह्मा की दस कलाओं के नाम- सृष्टि, ऋद्धि, स्मृति, मेधा, कान्ति, लक्ष्मी, द्युति, स्थिरा, स्थिति और सिद्धि हैं।

अग्नि की दस कलाओं के नाम- धूम्राचि, ऊष्म, ज्वलिनी, ज्वालिनी, विस्फुलिंगिनी, सुश्री सुरूपा, कपिला, हव्यवहा और कव्यवहा है।

सूर्य की बारह कलाओं के नाम- तपिनी, तापिनी, धूम्रा, मरीचि, ज्वालिनी, रूचि, सुषुम्ण, भोगदा, विश्वा, बोधिनी, धारिणी और क्षमा हैं।

चन्द्रमा की सेलह कलाओं के नाम- अमृता, मानदा, पूषा, तुष्टि, पुष्टि, रति, धृति, शशिनी, चन्द्रिका, कान्ति, ज्योत्सना, श्री प्रीति, अंगदा, पूर्णा और पूर्णामृता हैं।

इन चौरानवे कलाओं में से पचास मातृका कलाएं हैं जो पश्चयन्ती, मध्यमा तथा बैखरी भावों क द्वारा स्थूल वर्णो के रूप में अभिव्यक्त होती हैं। इन पचास मातृका कलाओं के नाम- निवृत्ति, प्रतिष्ठा विद्या, शान्ति, इन्धिका,

दीपिका, रेचिमा, मोचिका परा, सूक्ष्मा, सूक्ष्मामृता, ज्ञानामृता, आप्यायिनी, व्यापिनी व्योमरूपा अनन्ता, सृष्टि, ऋद्धि, स्मृति, मेधा, कान्ति, लक्ष्मी, द्युति, स्थिरा, स्थिति, सिद्धि, जडा, पालिनी, शान्ति, ऐश्वर्या, रति, कामिका, वरदा, ह्लादिनी, प्रीति, दीर्घा, तीक्ष्ण, रौद्री, भया, निद्रा, तन्द्रा, क्षुधा, क्रोधिनी, क्रिया, उद्गारी मृत्युरूपा, धीता, श्वेता, असिता और अनन्ता है। ये संबित कला कहलाती हैं। बहुत सी कलाओं की उपकलाएं भी होती हैं। वास्तव में किसी देवता की कलाओं में तो कण-तरंगों के समूहों के प्रकार तथा संख्या में अन्तर नहीं होता, केवल उनकी सरंचनाओं में अन्तर होता है, परन्तु उपकलाओं में कण-तरंगों के समूहों (quanta of particles) में तो अन्तर नहीं होता परन्तु उनके समूहों (quanta) में कण तरंगों की संख्याओं (numbers) में अन्तर आ जाता है।

प्रत्येक देवता की कलाएं (varients) तथा उपकलाएं (sub varients) भी देवता कहलाती हैं। प्रत्येक देवता की बीज मन्त्र तथा आकृति एक दूसरे से भिन्न (अलग) होते हैं। इसके साथ ही पुराने ऋषियों ने प्रत्येक देवता के कण-तरंग समूहों की संख्या तथा सरंचना में उनकी स्थिति इत्यादि भी लिख दिए थे जो त्रिभुजाकार, चतुर्भुजाकार, षट्भुजाकार, अष्टभुजाकार अथवा वृत्ताकार इत्यादि आकारों में अंकों, जो कण तरंग समूहों की संख्या को प्रदर्शित करते हैं, को लिखकर प्रदर्शित किए जाते हैं। पुराने ऋषियों ने यह परंपरा बनाई कि किसी देवता की पूजा करते समय, उस देवता का यंत्र (अंको के रूप में) चन्दन या अक्षत से बनाए जाते हैं। ऋषियों ने यह परंपरा इसलिए बनाई कि आने वाली पीढ़ियों के कुछ लोग इसे समझकर इस विषय पर आगे शोध कर सकें।

कुछ देवताओं के यंत्र बड़े सरल हैं परन्तु कुछ के यंत्र बहुत जटिल है जैसे महालक्ष्मी का यंत्र जो 'श्री-यंत्र' कहलाता है, की रचना कई त्रिभुजों को एक-दूसरे से समायोजित करके एक जटिल बहुकोणीय आकृति द्वारा की गई है क्योंकि महालक्ष्मी (देवता) की रचना बहुत सारे शक्तिशाली देवताओं से शक्तिकण लेकर की गई थी।

कुछ देवताओं के एकाक्षरी बीज मन्त्र तथा देवताओं के यंत्र इस प्रकार हैं-

श्री हनुमान जी का-

एकाक्षरी बीमंत्र-"ॐ श्री हनुमते नमः"

श्री हनुमान जी का यंत्र

8	1	6
3	5	7
4	9	2

सूर्य का एकाक्षरी बीजमंत्र-"ॐ घृणिः सूर्याय नमः"

सूर्य यंत्र

6	1	8
7	5	3
2	9	4

चन्द्र का एकाक्षरी बीजमंत्र-"ॐ सों सोमाय नमः"

चन्द्र यंत्र

7	2	9
8	6	4
3	10	5

मंगल का एकाक्षरी बीजमंत्र-"ॐ अं अंगार काया नमः"

मंगल यंत्र

8	3	10
9	7	5
4	11	6

बुध का एकाक्षरी बीजमंत्र-"ॐ बुं बंधाय नमः"

बुध यंत्र

8	4	11
8	10	6
5	12	7

गुरू (बृहस्पति) का एकाक्षरी बीजमंत्र-"ॐ बृं बृहस्पतये नमः"

बृहस्पति यंत्र

10	5	12
11	9	7
6	13	8

शुक्र का एकाक्षरी बीजमंत्र-"ॐ शुं शुक्राए नमः"

शुक्र यंत्र

11	6	13
12	10	8
7	14	9

शनि का एकाक्षरी बीजमंत्र-"ॐ शं शनिश्चराय नमः"

शनि यंत्र

12	7	14
13	11	9
8	15	10

इसी प्रकार सभी देवताओं के 'वैदिक मंत्र' 'गायत्री मंत्र' तथा 'तांत्रिक मंत्र' भी अलग-अलग हैं तथा अलग-अलग कार्यों का सम्पन्न करने के लिए उनकी जप संख्या भी अलग-अलग तथा जपने का समय भी अलग-अलग है।

सतपाल ने पूछा-

"पंडित जी! बहुत सारे देवता वाहन पर सवार दिखलाए जाते हैं। इन देवताओं के वाहनों का क्या रहस्य है क्योंकि तार्किक दृष्टि से तो महाकाय श्री गणेश अपने वाहन चूहे पर चढ़कर नहीं चल सकते। कार्तिकेय (मुरूगन) भी मयूर (मोर) पर बैठकर नहीं उड़ सकते। विष्णु भी पक्षी गरूड़ पर बैठकर नहीं उड़ सकते, इत्यादि इत्यादि। फिर उन्हें तथा अन्य पशु पक्षियों को विभिन्न देवताओं का वाहन क्यों दर्शाया गया है?"

"पुराने ऋषियों (वैज्ञानिक) ने ज्ञान को अक्षुण रखने के लिए उसे धार्मिक रूप देकर प्रतीक (symbol) रूप में कुछ कहानियां बनाकर इस प्रकार प्रचलित कर दिया है कि सामान्य जन इसका वास्तविक गूढ़ अर्थ न समझते हुए भी इसे परंपरागत रूप में अपनी आने वाली पीढ़ियों को हस्तान्तरित करता रहे। जब कोई ज्ञान-चक्षुओं वाला जिज्ञासु इस बात पर विचार करें तो शोध करके इसका वास्तविक अर्थ जान सके। इसके लिए कई ग्रन्थों में कुछ श्लोक स्पष्ट इशारा करते हैं कि ऋषियों की गूढ़ भाषा ज्ञान नेत्रों वाले ज्ञानी जन ही समझ पाएंगे। सामान्य जन नहीं। वैज्ञानिक तरीके से देवताओं के वाहनों के बारे में सोचा जाए जो यह बात स्पष्ट हो जाती है कि-देवता तथा दैत्य सभी विभिन्न कण-तरंग समूहों के संयोजन (combination of quanta of various wave particles) हैं। तथा बैक्टीरिया तथा वायरस के रूप में जाने जाते हैं, जिनको बड़ी मात्रा में एकत्रीकरण तथा भंडारण तथा उत्पादन इत्यादि, विभिन्न प्राणियों के शरीर में किया जा सकता है जैसे चेचक के विषाणु गोवंश (गाय बैल इत्यादि) के शरीर में, टिटनैस के विषाणु घोड़ों के शरीर में पनपते तथा पैदा हो जाते हैं। इसी प्रकार जिन देवताओं के जो वाहन (पशु, पक्षी इत्यादि) हैं उनके शरीरों में भी उन देवताओं को बड़ी संख्या में पनपाया तथा एकत्रित कर उनका लाभ प्राप्त किया जा सकता है। इसलिए ऋषियों ने उन पशु-पक्षियों को उन देवताओं का वाहक कहा और वाहक के बदले प्रतीक रूप में वाहन नाम दे दिया। जैसे शिव एवं माता गौरी का वाहन नन्दी (बैल) विष्णु का वाहन गरूड़, लक्ष्मी का वाहन उल्लू, दुर्गा का वाहन सिंह, गणेश का चूहा, कार्तिकेय का मयूर, सरस्वती का हंस इत्यादि इत्यादि।

"इन सभी देवताओं के मूल (original) रूप को प्राकृतिक कहा गया है तथा ऋषियों द्वारा उनमें कुछ परिवर्तन या संख्या (अर्थात उनकी सरंचनाओं में उनके कण-तरंग समूहों के स्थान परिवर्तन या संख्या परिवर्तन) के जो उनकी कलाएं (varients) या उपकलाएं (sub varients) प्राप्त किए गए उन्हें विकृत या विकृत नाम दिया गया तथा अणुवीक्षण यंत्रों से (microscope) देखने पर उनकी विभिन्न आकृतियों को ऋषियों ने मूर्ति नाम दिया है और उनका वर्णन करते समय उनके

मुखों या सिरों (head), नेत्रों, भुजाओं (hands), तथा पैरो (legs) की संख्याएं, इत्यादि भी लिए दिए। जिससे उन्हें पहचाना जा सके। हमारे पुराणों में दस मुंह (सिर), तीस नेत्र, चार, आठ, दस तथा अठारह भुजाओं तथा दस पैरो वाले देवताओं (देवियों) का वर्णन मिलता है। जिससे पता चलता है कि वे मानव नहीं अपितु कण तरंग समूह रहे होंगे।"

सतपाल ने पूछा-

"पंडित जी! कृपया मंत्रों के जाप की सही विधि बतलाने की कृपा करें।"

पंडित जी ने उत्तर दिया-

"प्रायः सामान्य लोग किसी पुस्तक में दिए गए मंत्र का अपनी मर्जी से मनमाने ढंग से जपने लग जाते हैं। उन्हें उस मंत्र को जपने की सही विधि पता नहीं होती, न ये पता होता है कि हम किस देवता से क्या याचना कर रहे हैं, और जब पर्याप्त समय तक पर्याप्त संख्या में जाप करने के बाद भी कुछ प्राप्त नहीं होता तो उनका विश्वास डगमगा जाता है। परन्तु इसमें उनका कोई दोष नहीं है। मंत्र किसी योग्य गुरु के मार्ग निर्देशन में, ही गुरु के द्वारा बतलाई हुई सही विधि से ही जपना चाहिए तो पहले दिन से ही परिणाम मिलने शुरू हो जाते हैं।

वास्तव में बात यह है कि अखिल ब्रह्मांड में करोड़ों देवता कण-तरंग पंजों के संयोजनों (combination of quanta of particles wave) रूप में उपस्थित या विद्यमान हैं। यदि आप उनमें से किसी एक से कुछ कहना (याचना या प्रार्थना करना) चाहते हैं तो पहले उसको किसी शब्द या शब्दों द्वारा पुकार कर उनका ध्यान अपनी ओर आकर्षित करना होगा, तभी आपकी बात सही व्यक्ति (देवता) द्वारा सुनी जाएगी और वह उस पर प्रतिक्रिया करेगा।

इस कार्य के लिए अर्थात मंत्र बोलने से पहले देवता का ध्यान अपनी ओर आकर्षित करने के लिए अलग-अलग देवताओं के अलग-अलग बीज मंत्र होते हैं जिनका मंत्र से पहले बोलना आवश्यक है। इसी प्रकार मंत्र समाप्त होने के बाद कुछ सांकेतिक शब्द (अधिकतर एक ही शब्द) बोला जाता है, जो यह सूचना देता है कि हमारी बात पूरी (समाप्त) हो गई।

ये बीज मंत्र या संकेताक्षर, पुस्तकों में मंत्र के साथ नहीं लिखे होते हैं। साथ ही गुरूजी से और भी कई बातें विस्तार से जान लेनी चाहिए। मंत्र जपने के उद्देश्य (किसी कार्य को पूरा करने के लिए) के अनुसार बहुत सारे कारकों (factors) पर भी सही ज्ञान गुरु जी से प्राप्त करना आवश्यक है।

जैसे कार्य के अनुसार माला किस पदार्थ (माला के दाने तुलसी, सफेद, चंदन, लाल चंदन, मूंगा अथवा किसी अन्य धातु जैसे चांदी, लोहा, तांबा इत्यादि) की होनी चाहिए। आसन किस प्रकार का हो। जाप का समय (सुबह, शाम, दोपहर अथवा तीसरे प्रहर या अर्धरात्रि इत्यादि) जाप करते समय किस दिशा में मुंह कर के बैठा जाए। किस देवता का चित्र या मूर्ति सामने रखें या उसका ध्यान करें। दीपक किस प्रकार (घी, सरसों का तेल, तिल का तेल इत्यादि) का हो तथा जलपात्र या कलश कहां किस प्रकार (अर्थात जलपात्र के ऊपर क्या रखना है इत्यादि) रखना है। माला के दानों का स्पर्श किस हाथ की किन उंगलियों द्वारा करना है। एक बार में कम से कम कितनी माला जपनी है तथा माला समाप्त होने और दूसरी माला प्रारंभ करते समय सुमेरू (माला के शीर्ष दाने) को पार करना है या नहीं। इत्यादि, इत्यादि बातें जानना तथा उनका सही प्रकार पालन करने से तुरंत परिणाम प्राप्त होने लगते हैं।"

इतना कहकर पंडित जी खड़े हो गए क्योंकि अब उनका भोजन का समय हो गया था। अतः उनको प्रणाम कर सतपाल एवं मृगराज भी कमरे से बाहर आ गए।

मृगराज भोजन करने नीचे लॉबी में चला गया और सतपाल घर चला गया।

अध्याय-8

समाधि, धारणा एवं सिद्धियां

सुबह जब मिस्टर विल्सन की आंख खुली तो उन्होंने अपने आप का अस्पताल के बैड पर लेटे पाया। उनके हाथ में ड्रिप लगी थी तथा सामने मॉनीटर पर उनकी हृदय की धड़कन, रक्तचाप तथा स्वांस-प्रस्वास इत्यादि का डाटा दिख रहा था, चेहरे पर ऑक्सीजन मास्क लगा था। उन्होंने आंख इधर-उधर घुमा कर देखा तो एक नर्स उन्हें होश में आया देख तुरन्त पास आई। उन्होंने इशारे से अपना मास्क हटाने को कहा, परन्तु नर्स दरवाजे से बाहर चली गई और एक डॉक्टर को साथ लेकर आई। डॉक्टर ने मॉनीटरों को ध्यान से देखा, सब कुछ सामान्य था तथा कहीं कोई कमजोरी या बीमारी का कोई संकेत भी नहीं था। अतः उसने मास्क हटा दिया तो मिस्टर विल्सन ने पूछा कि वे कहां है? और उन्हें अस्पताल में कौन, कब और क्यों लाया था?

उन्हें बतलाया गया कि वे मुम्बई के एक अस्पताल में हैं जहां लगभग तीन दिन पहले उन्हें गहन मूर्च्छा (coma कोमा) की स्थिति में लाया गया था। उन्हें बतलाया गया कि वे अचेत व्यवस्था में एक चट्टान की ओट में सुरक्षित पड़े पाए गए थे जहां बर्फीले तूफान से उनके शरीर की पूर्ण सुरक्षा हो रही थी।

हुआ ये था कि उनके शेरपा ने, जो एक बड़ी चट्टान की ओट में छिप गया था, उनको बर्फ के रेले के साथ नीचे गिरते हुए देख लिया था, और लगभग तीन घंटे बाद जब तूफान का जो कुछ कम हुआ तो उसने दौड़कर टीम के मैनेजर को उनके गिरने की सूचना दी। जिसने फोन करके तुरन्त नीचे के अपने बेस कैम्प से रैस्क्यू टीम (Rescue team) को कुछ शेरपाओं के साथ बुलाया और उनकी तलाश शुरू करवा दी। कई घण्टे बाद उन्हें उनके गिरने के स्थान से लगभग तीन सौ मीटर नीचे एक चट्टान की ओट में पड़ा हुआ पाया गया। उनके शरीर पर कोई चोट के निशान नहीं थे। परन्तु वे मूर्च्छित थे और काफी प्रयास करने के बाद भी उन्हें होश में नहीं लाया जा सका। अतः उन्हें वायुयान द्वारा मुंबई इलाज के लिए भेज दिया गया था।

यह सब सुनकर उन्हें बहुत आश्चर्य हुआ वो सोचने लगे यदि मैं पहाड़ पर पड़ा था बाद में अस्पताल में पड़ा था तो श्री हनुमान जी के साथ, विभिन्न ऋषियों के पास कौन गया था? उन्हें ऋषियों के आश्रम, उनकी बातचीत इत्यादि सब कुछ अब तक बिल्कुल स्पष्ट याद थी। उनके मन में डॉक्टरों से पूछने का विचार आया परन्तु वे चुप लगा गए। इसके बारे में स्वयं ही पता लगाएंगे कि 'कटरा' के एक गैस्ट हाउस में सोने के बाद वह यहां कैसे पहुंच गए? एक ही व्यक्ति दो जगह कैसे हो सकता है?

वे उठकर बैठ गए और डॉक्टर से 'ड्रिप' तथा अन्य उपकरण शरीर से हटाने को कहा। डॉक्टर ने पहले स्वयं उनका पूरा चैक-अप किया फिर एक और बड़े डॉक्टर द्वारा सारा चैक-अप करवाया। उनकी ड्रिप तथा अन्य उपकरण हटा दिए गए तथा उनको पहले दूध, फिर हल्का भोजन दिया गया। शाम तक दो तीन बार उनका चैक-अप किया गया तथा ताकत की दवाएं दी गईं। अन्त में रात लगभग आठ बजे उन्हें अस्पताल से छुट्टी देकर होटल, जहां उन्होंने पहाड़ पर जाने से पहले कमरा लिया हुआ था जिसमें उनका सामान अभी रखा था, भेज दिया गया। जहां पहुंचकर वे तुरंत गहरी नींद में सो गए।

सुबह लगभग छः बजे उनकी आंख खुली वे अपने को पूर्ण स्वस्थ महसूस कर रहे थे अतः उठकर वाशरूम गए वहां शीशे में अपने आप को देखकर वे बहुत हैरान हुए उनकी शेव लगभग एक सप्ताह से नहीं बनी थी, बाल भी अस्त-व्यस्त थे, चेहरे पर एक विचित्र तेज था और जोरों की भूख लग रही थी। उन्होंने शेव बनाकर स्नान किया और कपड़े पहनकर नीचे काउन्टर पर फोन किया कि उनको लौटने के लिए पहली उपलब्ध फ्लाइट में सीट बुक कराई जाए। फिर उन्होंने अपना सामान पैक करना शुरू किया। लगभग आठ बजे वे सभी काम से निवृत्त होकर नीचे लाउंज में नाश्ता करने के लिए, लिफ्ट से नीचे उतरे और काउन्टर पर पहुंचे जहां उन्हें बतलाया गया कि कल (दूसरे दिन) शाम चार बजे की फ्लाइट में उन्हें जगह मिल गई है जिसके लिए कल दो बजे तक एयरपोर्ट पहुंचना जरूरी है। सूचना पाकर उन्हें कुछ तसल्ली हुई और उन्हें घर पत्नी तथा बच्चों की याद आने लगी। वे लाउंज में कोई खाली जगह ढूंढने लगे। पीछे एक कोने की टेबल पर केवल एक अधेड़ व्यक्ति पूरी भारतीय पारंपरिक वेशभूषा, कुर्ता, धोती पहने बैठा हुआ दिखलाई दिया उसके सामने की कुर्सी खाली थी। मिस्टर विल्सन वहां पहुंच कर उस व्यक्ति से पूछ कर वहीं बैठ गए।

तब तक एक वेटर उनसे ऑर्डर लेने पहुंच गया। अपने पसंद के नाश्ते का ऑर्डर देने के बाद मिस्टर विल्सन ने ध्यान से व्यक्ति को देखा तो उस व्यक्ति के चेहरे पर असाधारण तेज और व्यक्तित्व में अत्यधिक आकर्षण देखकर वे चकित रह गए। वे बोले-"मेरा नाम विल्सन हैं और स्टेट्स का निवासी हूं। यहां अपनी कुछ पुरानी जिज्ञासाओं का उत्तर ढूंढ़ने आया था।"

वो व्यक्ति और कोई नहीं पंडित मक्खन लाल जी शास्त्री ही थे जिनको उनके यजमान, जिनके यहां वे यज्ञ सम्पन्न कराने आए थे, ने इस होटल में ठहराया था और वो इस समय स्नान-ध्यान एवं पूजा पाठ से निवृत्त होकर जो लगभग सुबह चार बजे से सात बजे तक चलती थी, नीचे लॉबी में नाश्ता करने ही आए थे।

उन्होंने लगभग पांच छह सेकंड तक मिस्टर विल्सन के चेहरे को ध्यान से देखा फिर बोले-

"मुझे आप एक खोज करने वाले, जिज्ञासु वैज्ञानिक मालूम पड़ रहे हैं। आप ईश्वर-भक्त हैं। तथा आप पर श्री हनुमान जी और माता वैष्णों देवी की विशेष अनुकम्पा हैं। उन्हीं की प्रेरणा से आपकी मुझसे भेंट हुई है। मेरा नाम पंडित मक्खन लाल शास्त्री है। यहां अपने यजमान के यहां एक यज्ञ सम्पन्न कराने आया हूं। मुझे महसूस हो रहा है कि अभी आपके मन में कुछ जिज्ञासाएं हैं। कृपया मुझे बतलाइये। बड़े-बड़े ऋषिओं से मिलने और गूढ़ एवं तत्व ज्ञान प्राप्त हो के बाद भी जिज्ञासा रह जाना बड़े आश्चर्य की बात है।"

अपनी ऋषियों से भेंट के बारे में एवं श्री हनुमान जी एवं माता वैष्णों देवी की कृपा के बारे में उनसे सुनकर उन्हें बड़ा आश्चर्य हुआ। वे बोले-

"मेरी श्री हनुमान जी द्वारा कई महान ऋषियों से भेंट बारे में तो मैंने किसी से जिक्र तक नहीं किया, क्योंकि मेरी इस बात पर को विश्वास नहीं करेगा। मेरा शरीर यहां अस्पताल में पड़ा था, फिर मैं दो जगह एक साथ कैसे था? मुझे आप को असाधारण व्यक्ति मालूम हो रहे हैं। कृपया मेरी जिज्ञासाओं का समाधान कीजिए। मैं बहुत चकित हूं भारत में मुझे बहुत ही विचित्र अनुभव हुए हैं।"

पंडित जी अपना नाश्ता समाप्त कर उठ खड़े हुए और बोले-"नाश्ता करके ऊपर मेरे कमरा नम्बर फोर-जीरो-टू मे आइये। मुझे ठीक ग्यारह बजे मेरे यजमान बुलाने आ जायेंगे, अतः मैं जाकर अपनी तैयारी कर लूं! लगभग आधे घंटे बाद आप वहां आ जाइये मैं अपनी सामर्थ्य भर आपकी जिज्ञासाओं का समाधान करूंगा।"

यह कहकर पंडित जी लिफ्ट की ओर चले गए।

नाश्ते के बाद जब मिस्टर विल्सन पंडित जी के कमरे में पहुंचा वे अपनी तैयारी पूरी कर चुके थे। उन्होंने मिस्टर विल्सन का अपने कमरे में स्वागत किया तथा सोफे पर बैठने का आग्रह किया। बैठने के बाद मिस्टर विल्सन ने पूछा-

"मैं यह नहीं समझ पा रहा हूं कि मैं एक ही समय में दो स्थानों पर कैसे मौजूद था। अस्पताल में मुझे बतलाया गया कि मैं अचेत होकर पहाड़ पर गिर गया था और उसी अवस्था में मुझे हवाई जहाज से यहां मुंबई लाया गया था और अस्पताल में भर्ती करवा दिया गया था। मैं जीवित था, इसलिए मेरा इलाज हो रहा था। जबकि वास्तव में, मैं स्वयं हिमालय के विभिन्न पर्वतों पर श्री हनुमान जी के साथ कई ऋषियों से मिला तथा माता वैष्णों देवी के दर्शन भी किए। उन सभी के साथ किए वार्तालाप का एक-एक शब्द मुझे सही सही याद है क्या वो सब सपना था?"

पंडित जी ने मुस्कुरा कर कहा-

"सपना जैसा ही समझिये! क्योंकि आपका भौतिक शरीर यहां अस्पताल में पड़ा था परन्तु सूक्ष्म शरीर श्री हनुमान जी के साथ था, वे आपको समय के किसी दूसरे (पिछले, बीत चुके) आयाम में लेकर गए थे, जहां इस भौतिक शरीर द्वारा जान संभव नहीं हैं। इसीलिए वे आपके सूक्ष्म शरीर को ही अपने साथ ले गए थे और जब सूक्ष्म शरीर वापस भौतिक शरीर में आ गया तो यहां आपके भौतिक शरीर में चेतना जाग्रत हो गई। आपको योग की साधना, समाधि, धारणा एवं सिद्धि के बिना ही यह सब करने की शक्ति श्री हनुमान जी कृपा से प्राप्त हो गई जो स्वयं एक परम-योगी हैं। उन्हें बारहों धारणाएं एवं आठों सिद्धियां प्राप्त हैं।"

मिस्टर विल्सन ने पूछा-

"ये धारणाएं एवं सिद्धियां क्या हैं?"

पंडित जी ने उत्तर दिया-

"धारणा का अर्थ है, मन द्वारा कल्पना किए हुए किसी एक लक्ष्य पर अपना सम्पूर्ण ध्यान केन्द्रित करना। जैसे शीतऋतु में गर्मी प्राप्त करने के लिए आंखें बन्द करके अग्नि की कल्पना करके उस पर ध्यान केन्द्रित करने से शरीर को गर्मी प्राप्त होने लगती है।

और सिद्धि का मतलब है योग के अभ्यास द्वारा कुछ विशेष (असाधारण) कार्य कर सकने की क्षमता प्राप्त होना।"

मिस्टर विल्सन ने कहा-

"कृपया योग की इन उपलब्धियों के बारे में भी मुझे कुछ बतलाइये।"

पंडितजी ने बतलाया-

"परम योगी मुनि श्री दत्तात्रेय के अनुसार-योगियों को पहले बुद्धि के द्वारा मन को जीतने की कोशिश करनी चाहिए। प्राणायाम के द्वारा लोभ मोह, आदि दोषों की धारणा अर्थात परमात्मा में मन को स्थापित करके पाप का, प्रत्याहार अर्थात इन्द्रियों को विषयों की ओर से हटाकर चित्त में लीन करके विषयों का, और ध्यान के द्वारा ईश्वर विरोधी गुणों का निवारण करें।

प्राणायाम करने से इन्द्रियजनित दोष दूर हो जाते हैं अतः योगी को पहले प्राणायाम का ही साधन करना चाहिए। प्राण और अपान वायु को रोकने का नाम ही प्राणायाम है। यह तीन प्रकार का मान जाता है। लघु, मध्यम और उत्तरीय या उत्तम।

लघु प्राणायाम बारह मात्रा का, मध्यम चौबीस मात्रा का उत्तरीय या उत्तम छत्तीस मात्रा का होता है। पलकों को एक बार उठाने तथा गिरने में जितना समय लगता है। उसे ही प्राणायाम की संख्या के लिए मात्रा कहा गया है।

प्राणायाम से प्राप्त चार विशेष अवस्थाओं के नाम हैं-ध्वस्ति, प्राप्ति, संबित और प्रसाद। जिस अवस्था में शुभ और अशुभ सभी कर्मों का फल क्षीण (समाप्त) हो जाए और चित्त की वासना (इच्छाएं) नष्ट हो जाए, उसका नाम 'ध्वस्ति' हैं। जब योगी इस लोक और परलोक में भोगो के प्रति लोभ और मोह उत्पन्न करने वाली समस्त कामनाओं को रोक कर सदा अपने आप में ही सन्तुष्ट रहता है वह 'प्राप्ति' नामक अवस्था है। जिस समय योगी सूर्य, चन्द्रमा नक्षत्र तथा ग्रहों के समान प्रभावशाली होकर उत्तम ज्ञान प्राप्त करता है और उस ज्ञान से भूत-भविष्य की घटनाओं को तथा दूर एवं अदृश्य वस्तुओं को भी जान लेता है उसे प्राणायाम की संबित तथा जिस प्राणायाम से मन, पांच वायु (प्राण, अपान, व्यान, उदान तथा समान) एवं समस्त इंद्रियों के विषय प्रसाद को प्राप्त होते हैं वह उसकी 'प्रसाद' अवस्था है। योगी को पहले आसन का अभ्यास करना होता है। प्राणायाम तथा योगाभ्यास के लिए विहित आसन इस प्रकार हैं-

योगी पद्मासन, अर्धासन, स्वस्तिकासन, आदि आसनों में बैठकर मन ही मन प्रणव (ॐ) का चिंतन करते हुए योगाभ्यास करें। शरीर को समभाव में रखे, आसन भी सम हो, दोनों पैरो को समेटकर दोनों जांघों को आगे की ओर स्थिर करें। मुंह

को बन्द रखे, मन और इंद्रियों को संयम में रखते हुए स्थिर रहे। मस्तक को कुछ ऊंचा किए रहे। दांतों का दांतों से स्पर्श न होने दे। अपनी नासिका के अग्रभाग पर दृष्टि रखते हुए, अन्य दिशाओं की ओर न देखे। रजोगुण से तमो गुण की तथा सत्वगुण से रजोगुण की वृत्ति को भलीभांति आच्छादि करके निर्मल सत्व में स्थित हो योग का अभ्यास करें। इन्द्रिय, प्राण आदि और मन को उनके विषयों से हटाकर प्रत्याहार प्रारंभ करें। जो समस्त कामनाओं को संकुचित कर लेता है। वह निरंतर आत्मा में ही रमण करने वाला और एक मात्र परमात्मा में स्थित हुआ पुरुष अपने आत्मा में ही परमात्मा का साक्षात्कार करता है। बाहर भीतर की शुद्धि का संपादन करके कण्ठ से लेकर नाभि तक, शरीर को प्राणवायु से परिपूर्ण करते हुए प्राणायाम प्रारंभ करे।

प्राणायाम बारह हैं। उन्हीं को धारण भी कहते हैं। तत्वदर्शी योगियों ने योग में दो मुख्य धारणाएं बतलाई हैं। इनके अनुसार योग में प्रवृत्त हुए नियतात्मा योगी के सभी दोष नष्ट हो जाते हैं तथा वह स्वस्थ भी हो जाता है। वह परब्रह्म परमात्मा को और प्राकृत गुणों को अलग-अलग देखता है। व्योम से लेकर परमाणु तक का साक्षात्कार करता है, तथा निष्पाप आत्मा का भी दर्शन कर लेता है।

अपने मन को संयम में रखने वाले योगी पुरुष शब्दादि विषयों की ओर जाने वाली इन्द्रियों को उनकी ओर से योग द्वारा प्रत्याहृत- निवृत्त करते हैं, इसलिए यह प्रत्याहार कहलाता है।

योगी पुरुष श्रम को जीत कर, धीरे-धीरे वायु का पान करे। पहले नाभि में, फिर हृदय में, उसके बाद वक्ष स्थल में तथा अन्त में क्रमशः कण्ठ, मुख, नासिका के अग्रभाग, नेत्र, भौहों के मध्यभाग, तथा मस्तक में प्राणवायु को धारणा करें। उसके बाद परब्रह्म परमात्मा में उसकी धारणा करनी चाहिए। यह सबसे उत्तम धारणा मानी गई है। इन सभी धारणाओं को प्राप्त होकर योगी, अविनाशी ब्रह्म की सत्ता को प्राप्त होता है।

चेतन मन को इधर-उधर भटकने से रोक क रमन में केवल एक लक्ष्य की कल्पना कर उस पर ध्यान केंद्रित करना ही धारणा कहलाता है। फिर बाहरी हलचल एवं ज्ञानेन्द्रियों द्वारा शब्द, स्पर्श, शीत एवं ताप इत्यादि तथा काल अर्थात प्रातः सायं, दिन, रात, इत्यादि से ध्यान हटाकर केवल अपने लक्ष्य का चिन्तन करते हुए अर्थात मन द्वारा लक्ष्य की कल्पना करके केवल उसी पर ध्यान केन्द्रित करके साधक समाधि में लीन हो जाता है। विभिन्न लक्ष्यों की मन में कल्पना कर उन

पर ध्यान केन्द्रित कर, समाधि द्वारा विभिन्न सिद्धियां प्राप्त की जा सकती हैं, जो इस प्रकार है-

अणिमां, लघिमा, महिमा, प्राप्ति, प्राकाम्य, ईशित्व, वशित्व और कामावयायित्व- इन आठ ईश्वरीय गुणों को जो निर्वाण की सूचना देने वाले हैं, योगी प्राप्त करता है। सूक्ष्म से भी सूक्ष्म रूप धारण करना 'अणिमा' है, और शीघ्र से शीघ्र कोई काम कर लेना 'लघिमा' नामक गुण है। सबके लिए पूजनीय हो जाना 'महिमा' कहलाता है। जब कोई भी वस्तु अप्राप्य न रहे तो वह 'प्राप्ति' नामक सिद्धि मानी जाती है। सर्वत्र व्यापक होने से योगी को 'प्राकाम्य' नामक सिद्धि मानी जाती है। जब वह सब कुछ करने में समर्थ-ईश्वर हो जाता है तो उसकी वह सिद्धि 'ईशत्व' कहलाती है। सबको वश में कर लेने से 'वशित्व' की सिद्धि कहलाती है। इच्छानुसार सब काम हो सकें, उसका नाम 'कामा व सायित्व' है। ये आठों योग की सिद्धियां कही जाती है।

पृथ्वी आदि सात प्रकार की सूक्ष्म धारणाएं हैं, जिन्हें योगी को मन में धारण करना चाहिए। सबसे पहले पृथ्वी की धारणा है। उसे धारण करने से योगी को सुख प्राप्त होता है। वह अपने को साक्षात पृथ्वी मानता है, अतः पार्थिव विषय गन्ध का त्याग कर देता है। इसी प्रकार वह जल की धारण से सूक्ष्म रस का, तेज की धारण से सूक्ष्म रूप का, वायु की धारण से स्पर्श का तथा आकाश की धारणा से सूक्ष्म प्रवृत्ति तथा शब्द का त्याग करता है। जब अपने मन से धारणा के द्वारा सम्पूर्ण भूतों के मन में प्रवेश करता है, तब उस मानसी धारणा करने के कारण उसका मन अत्यंत सूक्ष्म हो जाता है इसी प्रकार योगी सम्पूर्ण जीवों की बुद्धि में प्रवेश करके परम उत्तम सूक्ष्म बुद्धि को प्राप्त करता है और फिर उसे त्याग देता है।

जो योगी इन सातों सूक्ष्म धारणाओं का अनुभव करके उन्हें त्याग देता है, उसके इस संसार में फिर नहीं आना पड़ता। योगी को इन सातों धारणाओं के सूक्ष्म रूप को देखना और फिर त्याग देना चाहिए। ऐसा करने से उसे परम सिद्धि प्राप्त होती है। पांचों भूत (जल, पृथ्वी, अग्नि, आकाश एवं वायु) और मन-बुद्धि के इन सातों सूक्ष्म रूपों का विचार कर लेने पर उनके पति वैराग्य होता है जो योगी की मुक्ति का करण बनता है।

मुक्त होने से उसका फिर कभी जन्म नहीं होता। वह वृद्धि और नाश को भी प्राप्त नहीं होता। न तो उसका क्षय होता है न अन्त। पृथ्वी आदिभूत समुदाय से न तो वह काटा जाता है, न भीग कर गलता है, न जलता है और न सूखना ही है। शब्द आदि विषय भी उसको लुभा नहीं सकते। उसके लिए शब्द आदि विषय है ही नहीं। न तो वह उनका भोक्ता (भोग करने वाला) है, न उनसे उसका संयोग होता है।

यत्नशील योगी जब योगाग्नि से तपता है, तब अन्तः करण के समस्त दोष जल जाने के कारण ब्रह्म के साथ एकता को प्राप्त हो जाता है। वह योगी पर ब्रह्म के साथ एकता को प्राप्त होने पर फिर कभी उनसे अलग नहीं होता। योगी का आत्मा, परमात्मा में मिलकर तदाकार (उसी जैसा) हो जाता है।"

मिस्टर विल्सन ने पूछा-

"क्या प्राणायाम का कोई और आसान तरीका भी है?"

पंडित जी ने उत्तर दिया-

"हां! प्रणव प्राणायाम करना काफी सरल है। वास्तव में प्रणवाक्षर 'ॐ 'को ही अक्षर परमब्रह्म कहा गया है। इसीलिए निर्विकल्म समाधि के लिए प्रणव प्राणायाम को ही अच्छा समझा जाता है।"

मिस्टर विल्सन ने कहा-

"कृपया इसकी पूरी विधि विस्तार से समझाइये, मैं बहुत उत्सुक हूं।"

पंडित जी ने कुछ क्षण सोचा, फिर कहा-

"सबसे पहले उच्च स्वर से ॐ का उच्चारण लगातार तब तक करें, जब तक प्रणव ध्वनि ब्रह्माण्ड तक नहीं गूंजने लगती और साधक सर्वव्यापक, विशुद्धज्ञान स्वरूप परमात्मा के ध्यान में लीन नहीं हो जाता। फिर वह प्राणायाम का प्रारंभ करें। उसके लिए प्रणव के अकार (अ), उकार (उ), मकार (म), और चन्द्रबिंदु (ँ) ये सब मिलकर साढ़े तीन अंश (भाग) होते हैं। उनमें से प्रथम अंश अकार (अ) को इतने जो से बोलना चाहिए कि शब्द शरीर के अन्दर गूंजकर प्राण वायु में हलचल पैदा कर दे। तब प्राणवायु को छोड़ने को कार्य जिसे रेचक कहते हैं, के द्वारा प्राणवायु को पूरी तरह बाहर निकाल देना चाहिए। इस प्रकार प्राणायाम का प्रथम भाग 'रेचक' पूरा हुआ। अब प्रणव के दूसरे भाग उकार (उ) का उच्चारण ॐकार की समस्थिति होने तक करना चाहिए। इस प्रकार प्राणवायु का निश्चल 'कुम्मक' नामक भाग पूरा करना चाहिए। निश्चल 'कुम्मक' के समय प्राण न बाहर होने चाहिए न भी तर, न शरीर के ऊपरी भाग में न निचले भाग में, न कहीं इधर-उधर घूम रहे हों, अपितु भलीभांति रोके जाकर, पूर्णतः शान्त होने चाहिए। इसके बाद प्रणव के तीसरे भाग मकार (म) का उच्चारण करते समय प्राण वायु को भीतर ले जाना चाहिए। इस प्रकार प्राणायाम को 'पूरक' नामक भाग पूरा होता है। इस तीसरे भाग में भीतर ले जाई गई प्राणवायु जीवात्मा में भावना द्वारा भावित अमृत

के मध्य में पहुंच कर ठंडी बर्फ के स्पर्श के समान शीतलता प्रदान करती है इसे कुछ समय वहीं रोके रखना 'अन्तः कुम्मक' कहलाता है फिर इसे दोबारा 'ॐ ' के उच्चारण के साथ धीरे-धीरे पूर्णतः बाहर निकाल कर 'रेचक' से वही क्रम प्रारंभ हो जाता है।

यद्यपि रेचक, कुम्मक और पूरक समग्र प्रणव के ही साधन प्रसिद्ध हैं, तथापि रेचक में प्रथम भाग का, कुम्मक में मध्यभाग का तथा पूरक में चरम भाग का विस्तार किया जाता है, क्योंकि कण्ठ से निकलते हुए प्राण वायु से कण्ठ द्वारा अकार भाग की, ओष्ठों को सिकोड़कर उकार भाग की और ओष्ठों के मिलने पर मकार भाग की अभिव्यक्ति होती है। मकार भाग अभिव्यक्ति के समय प्राण वायु को भीतर पुनः प्रवेश कराकर कुछ समय भीतर ही रोके रखा जाता है। फिर दुबारा प्रणव का उच्चारण प्रारंभ हो जाता है।

मिस्टर विल्सन ने कहा-

"आपसे मिलकर योग के मेरे ज्ञान में बहुत वृद्धि हुई है। माता वैष्णों देवी ने मुझसे कहा था कि मुझे तत्व ज्ञान तो हो गया है अब आत्मज्ञान और होगा। इन दोनों ज्ञानों से उनका क्या तात्पर्य था? कृपया मुझे बतलाइये।"

तब पंडित जी मुस्कुरा कर बोले-

"तत्व ज्ञान का मतलब मनुष्य शरीर के आन्तरिक रहस्य एवं इस सृष्टि के रहस्यों से है तथा आत्मज्ञान का मतलब स्वयं का ज्ञान अर्थात अपने आपको जानना तथा ईश्वर से आपके सम्बन्ध का ज्ञान।"

मिस्टर विल्सन ने तनिक उत्तेजित हो कहा-

"तो क्या मैं अपने आपको नहीं जानता? क्या मैं विल्सन नहीं हूं? तो फिर क्या हूं? कौन हूं?"

पंडित जी ने बढ़ी शान्तिपूर्वक समझा कर कहा-

"ऐसा ही है! मिस्टर विल्सन इस शरीर का नाम है जो इस जन्म के शरीर को आपके माता-पिता का दिया हुआ ही है। इस शरीर की मृत्यु के बाद मिस्टर विल्सन का अस्तित्व इस पृथ्वी पर से समाप्त हो जायेगा। परन्तु आपका अस्तित्व नहीं समाप्त होगा परन्तु आपको नए नाम वाला एक नया शरीर, नए माता-पिता द्वारा प्राप्त होगा। ये क्रम अनवरत चलता रहेगा जब तक आपकी मुक्ति होकर आप परमात्मा के साथ एकाकार नहीं हो जाते।"

मिस्टर विल्सन ने सोचा जब अस्पताल में यह शरीर पड़ा था तब सब इसे ही विल्सन कह रहे थे, फिर श्री हनुमान जी के साथ कई ऋषियों से एवं माता वैष्णों देवी जी से जो मिला वह कौन है वहीं तो मैं हूं। इसका मतलब मैं इस शरीर से अलग कुछ (कोई) हूं। मैं जिसको कहा जाता है वह कौन है? शायद उसी को जानने के बारे में पंडित जी कह रहे हैं। उसी को जानना आत्मज्ञान है। अतः उन्होंने पंडित जी से प्रार्थना की-

"पंडित जी कृपया मुझे आत्मज्ञान के बारे में बतलाइये।"

पंडित जी ने घड़ी देखी, फिर कहा अभी मेरे पास समय नहीं है, और आपको कल जाना है, इस विषय पर चर्चा के लिए काफी अधिक समय की आवश्यकता है। मैं अपनी सामर्थ्य भर आपकी जिज्ञासाओं को समाधान करूंगा परन्तु शाम को। भोजन के बाद मेरे कमरे में आ जाइये।

यह कहकर पंडित जी जाने की तैयारी करने लगे। मिस्टर विल्सन भी अपने कमरे में आकर कल जाने की तैयारी करने लगे।

अध्याय-9

भविष्यवाणी

घर पर भोजन की टेबल पर डॉ. हरिहर सिंह ने मृगराज के बारे सबको बतलाया तो सतपाल ने बतलाया कि पंडित जी के कमरे पर वह भी मृगराज से मिल चुका है। उसने बतलाया कि उसने भी मृगराज को पसंद किया है। अब डॉ. निर्मला सिंह की भी उत्सुकता जागी। उन्होंने पूछा कि वह कहां का रहने वाला है तथा यहां क्यों आया है? डॉ. हरिहर सिंह ने बतलाया कि वह हरियाणा के नारनौल का रहने वाला है उसके पिता डिग्री कॉलेज के प्रिंसिपल हैं और यहां एटॉमिक पावर प्लॉट में साइन्टिस्ट के पद पर ज्वॉइन किया है। यह सुनकर उन्हें भी खुशी हुई और यह जानकर कि कल यज्ञ में उसके भी आमंत्रित किया गया है उन्हें बहुत संतोष हुआ और उन्होंने सुवर्चलासे पूछा कि उसके ऑफिस में आज किसी नए साइन्टिस्ट ने ज्वॉइन किया है क्या? तो उसने कहा कि आज वह काम में बहुत व्यस्त थी और बगल वाले खाली केबिन में कुछ हलचल भी सुनी थी परन्तु व्यस्तता के कारण उसने कुछ ध्यान नहीं दिया बाद में बॉस ने उसे बतलाया कि जिस प्रोजेक्ट पर वह काम कर रही है, उसकी सहायता के लिए एक नए आदमी को और लगाया गया है जिसने आज ज्वॉइन करने के बाद दो दिन की छुट्टी लेली है। अब सभी लोगों की यही राय बनी कि सतपाल के दिल्ली चले जाने से उसका जो कमरा घर में खाली हुआ है। उसमें मृगराज को पेइंग गैस्ट की तरह रख लिया जाये और कल पंडित जी से पूछकर उसके सामने यह प्रस्ताव रखा जाये। यदि उसे मंजूर हो तो परसों से ही वह यहां आकर रह सकता है क्योंकि परसों सवेरे की फ्लाइट से सतपाल को दिल्ली जाना है।

पंडित जी तथा मृगराज दोनों को लेने सतपाल आ गया था। वे सब समय से घर पहुंच गए थे और यज्ञ का कार्य निर्विघ्न पूरा हो गया। सभी ने पंडित जी के चरण स्पर्श किए। अब सबसे पहले पंडित जी को भोजन कराया गया। उस समय मृगराज उनके समीप ही बैठा था। थोड़ा सा एकान्त पाते ही उसने पंडित जी के चरण पकड़ लिए और बोला-

"आपने ठीक ही कहा था उस दिन स्वप्न में देखी हुई उस जन्म की मेरी पत्नी जो मुझे अभी तक अच्छी तरह याद है यहां इस घर में मुझे दिखलायी दी है। सुवर्चला मेरी उस जन्म ही पत्नी हेमलता का शत-प्रतिशत प्रतिरूप है बस कपड़े और भाषा बदले हुए हैं। मैं आश्चर्य चकित हूं एवं उसके प्रति एक विशेष आकर्षण अपने अन्दर महसूस कर रहा हूं।"

पंडित जी ने उसे आश्वस्त करते हुए कहा-यह स्वभाविक है। तुम धैर्य रखो, इस जन्म में भी वही तुम्हारी पत्नी बनेगी। परन्तु जैसा मैंने कहा था, माता वैष्णों देवी के दर्शन, पूजा, अर्चना इत्यादि जरूर करना। वो ही इस जन्म में तुम दोनों को सुख-स्मृद्धि तथा शांति देगी।"

तब तक कमरे में कोई अन्य व्यक्ति आ गया और उनका वार्तालाप समाप्त हो गया।

उधर सुवर्चला को भी महसूस हो रहा था कि उसने मृगराज को पहले कभी देखा है और वह उसे बहुत अच्छी तरह जानती है। उसने यह बात अपनी माता को बतलाई तो उन्होंने यह कहकर टाल दिया कि कल ऑफिस में शायद उसे देखा हो। खाना खिलाने के बाद पंडित जी दूसरे कमरे में आराम करने लगे और पूरा परिवार तथा मृगराज से उनके माता-पिता, भाई-बहन तथा परिवार के बारे में पूछा तथा अन्त में उसका गोत्र पूछा। उसके हर जवाब के बाद वे अपनी पत्नी की ओर देखते थे तो उन्हें पत्नी संतुष्ट दिखती थीं। खाना खाने के बाद सब लाग ड्राइंग रूम में एकत्रित हुए और पंडित जी भी वहीं आकर बैठ गए। अब डॉ.निर्मला सिंह ने पंडित जी से अपने पुत्र-पुत्री के विवाह के बारे में पूछा तो उन्होंने उन दानों की ओर कुछ क्षण तक ध्यान पूर्वक देखा, फिर बतलाया कि पहले पुत्री का विवाह लगभग छह महीने बाद मुंबई में ही काम करने वाले, हरियाणा के लड़के से होगा और पुत्री तथा दामाद आपके साथ इसी घर में रहेंगे। फिर उनके विवाह के छह महीने बाद पुत्र का विवाह हरियाणा के रोहतक की रहने वाली लड़की से होगा जो दिल्ली में सर्विस कर रही होगी। आपके पुत्र और पुत्र-वधु दिल्ली में ही फलैट खरीदकर वहीं बस जाएंगे। इतना कहकर पंडित जी ने बतलाया कि अब उनके शाम के भजन पूजा का समय होने वाला है, अतः वे वापस होटल जाना चाहते हैं तो डॉ.हरीहर और डॉ.निर्मला उनको दूसरे कमरे में ले गए वहां उनको दक्षिणा भेंट की की रिजर्वेशन है और डॉ. हरीहर स्वयं उन्हें ट्रेन बैठा आएंगे। फिर उन्होंने पूछा कि क्या मृगराज को पेइंग गैस्ट की तरह रखना उचित होगा या नहीं क्योंकि यदि पंडित जी ठीक समझे तो वे सुवर्चला का विवाह उससे कराना चाहते हैं। पंडित जी ने कुछ क्षण विचार किया

फिर बोले-"आज के नए जमाने में शादी से पहले लड़की-लड़के का एक-दूसरे को जानने समझने के लिए पास रहना बुरा नहीं समझा जाता, फिर ऑफिस में भी दोनों साथ काम करेंगे ही, वहां आप थोड़े ही उन्हें अलग रख पाओगे। पुराने समय की बात छोड़ो जब शादी से पहले लड़का-लड़की एक दूसरे से मिल भी नहीं पाते थे। आपका परिवार और मृगराज का परिवार दोनों परिवार पढ़े लिखे एवं आधुनिक विचारों को मानने वाले हैं। अतः मेरी राय में उसे यहीं रखकर दो-तीन महीने अच्छी तरह देख-परख लो उसकी कोई बुरी आदत होगी तो तीन महीने तक नहीं छिपा सकेगा। तीन महीने बाद यदि सब ठीक लगे तो उसके माता-पिता से बात करना तब तक उनसे वैसे ही जान पहचान बढ़ाइये।"

यह कहकर पंडित जी बाहर आए और सतपाल उन्हें और मृगराज को होटल छोड़ आया। शाम को भोजन करके पंडित जी जैसे ही उठे, उन्हें लिफ्ट से निकलकर आते हुए उनके गुरूजी पंडित मुर्लीधरन दिखलाई दिए। पंडित मुर्लीधरन लगभग पिच्चासी वर्ष के गोरे, सामान्य कद काठी, परन्तु सुदृढ़ एवं निरोग शरीर वाले पुरुष थे जिनके चेहरे एवं माथे पर तेज स्पष्ट दिखलाई देता था। आंखें गंभीर एवं आत्मिक प्रसन्नता की चमक से भी होने के कारण चेहरे पर एक सहज मुस्कान का आभास होता था। वे भारतीयों की पारम्परिक वेशभूषा, कुर्ता-धोती पहने हुए थे। वे अपनी पत्नी, पुत्र, पुत्रवधु एवं पौत्र, पौत्री के साथ ऋषिकेश में निवास करते थे जहां उनका ज्योतिष केन्द्र था। वे मुंबई में हो रहे अखिल भारतीय ज्योतिष सम्मेलन में भाग लेने के लिए आज तीसरे प्रहर ही मुंबई पहुंचे थे।

उन्हें देखते ही पंडित मक्खन लाल शास्त्री तुरन्त उनके समीप पहुंचे एवं चरण स्पर्श करके पूछा-

"आप यहां कब पधारे?"

पंडित मुर्लीधरन ने उन्हें आर्शीवाद दिया और उन्हें अपने मुंबई आने का कारण बतलाया तथा बतलाया कि वे कमरा नम्बर 306 में ठहरे हैं। पंडित मक्खन लाल जी ने उन्हें अपने मुंबई आने का कारण बताया तथा मिस्टर विल्सन के बारे में भी बताकर उनसे मिलवाने तथा आत्मज्ञान के बारे में उनकी जिज्ञासाओं का समाधान करने की अनुमति मांगी। पंडित मुर्लीधरन ने एक क्षण सोच कर, आधे घंटे बाद, अपने कमरे में उन्हें लेकर आने की अनुमति दे दी।

अध्याय-10

आत्म ज्ञान

पंडित मक्खन लाल शास्त्री को अपने कमरे में पहुंचे हुए लगभग बीस मिनट हुए थे कि मिस्टर विल्सन वहां पहुंच गए।

पंडित जी ने उन्हें अपने गुरु पंडित मुर्लीधरन के वहां पहुंचने के बारे में बतलाया। उन्होंने बतलाया कि पंडित मुर्लीधरन न केवल ज्योतिषी हैं, अपितु योगी एवं सन्यासी भी हैं। उन्हें आत्म-ज्ञान हो गया है, अतः आत्म-ज्ञान के बारे में अपनी जिज्ञासाओं का समाधान उन्हीं से करें। उन्होंने ये भी बतलाया कि उन्होंने अभी थोड़ी दे बाद ही उन्हें मिलने का समय भी दे दिया है।

पंडित मुर्लीधरन योगी एवं सन्यासी हैं, यह जानकर उनसे मिलने की मिस्टर विल्सन की उत्सुकता और बढ़ गई। पंडित मक्खन लाल जी ने उन्हें बतलाया कि पंडित मुर्लीधरन को ब्रह्मज्ञान हो जाने के कारण वे द्विज हैं और ब्राह्मण हैं।

मिस्टर विल्सन ने पूछा-

"द्विज तथा ब्राह्मण से आपका क्या अभिप्राय है?"

पंडित मक्खन लाल जी ने समझाया-

"आत्मज्ञान या ब्रह्मज्ञान होने पर व्यक्ति का दूसरा जन्म माना जाता है अतः वह द्विज कहलाता है और ब्रह्म से साक्षात्कार हो जाने के कारण वह ब्राह्मण कहलाता है। ऐसे व्यक्ति निस्वार्थ भाव से, बिना किसी प्रतिदान की आशा किए, सारे कर्तव्य कर्म करते हुए समाज की सेवा करते हैं। पुराने समय में ऐसे लोगों को प्रधानमंत्री, राज पुरोहित, कुल पुरोहित तथा शिक्षक का पद देकर सम्मानित किया जाता था तथा राज्य द्वारा ही उनका सारा खर्च जो लगभग नगण्य ही होता था, वहन किया जाता था।"

ठनता बता कर पंडित मक्खन लाल जी उन्हें अपने गुरु पंडित मुर्लीधरन के कमरे में ले गए। पंडित मुर्लीधरन ने मिस्टर विल्सन का स्वागत किया एवं दोनों

के सोफे पर बैठाया। पंडित मक्खन लाल जी ने मिस्टर विल्सन का परिचय करा कर वायुयान दुर्घटना से अब तक की सभी मुख्य घटनाएं बतलाई और उनकी आत्मज्ञान की जिज्ञासा के बारे में बतलाया। फिर उन्होंने मिस्टर विल्सन को गुरु जी का परिचय करवाते हुए कहा-

"ये मेरे गुरूजी पंडित मुर्लीधरन हैं जो अपनी पत्नी जानकी, पुत्र भास्करन, पुत्रवधु सावित्री, पौत्र श्रीधरन तथा पौत्री यशोदा के साथ ऋषिकेश में निवास करते हैं। इनके ब्रह्मज्ञानी होने के बारे में मैं तुम्हें पहले ही बता चुका हूं।"

मिस्टर विल्सन ने थोड़ा आश्चर्य चकित होते हुए कहा-

"आपने तो मुझे बतलाया थ कि गुरूजी सन्यासी हैं। परन्तु अब आप इनकी गृहस्थी के बारे में बता रहे हैं और वेशभूषा से भी यह सन्यासी नहीं दिखते। ऐसा क्यों?"

इस पर मुर्लीधरन मुस्कुराए और बोले-

पुराने ऋषियों ने सन्यासियों की समाज द्वारा पहचान के लिए एक यूनीफॉर्म कोड बना दिया था कि वे भगवा (गेरूए या पीले) वस्त्र ही धारण करें। ये सब चिन्ह (symbol) रूप में केवल पहचान (Identity) मात्र है, परन्तु ये आवश्यक नहीं है। कोई भी व्यक्ति गृहस्थी में रह कर भी सन्यासी हो सकता है तथा ब्रह्मज्ञानी हो सकता है। क्योंकि ब्रह्मज्ञानी होने पर व्यक्ति 'विदेह' हो जाता है जैसे राजा जनक थे। परन्तु सन्यासी तथा ब्रह्मज्ञानी को भगवा वस्त्र पहन लेने से कोई सन्यासी नहीं जो जाता, इसी प्रकार बिना भगवा वस्त्र धारण किए सन्यासियों का आचरण करने वाला भी सन्यासी ही होता है।

मिस्टर विल्सन ने पूछा-

"सन्यासियों का आचरण कैसा होता है?"

पंडित जी ने समझाया-

"सन्यास का सम्बन्ध मन के साथ अधिक है। मन की बुरी भावनाओं एवं बुरी आदतों जैसे काम (मन की विभिन्न इच्छाएं), क्रोध (इच्छाओं की पूर्ति में बाधाओं से उत्पन्न रोष), मोह (प्रिय व्यक्तियों अथवा वस्तुओं के स्वयं से अलग होने, खोने, नष्ट होने इत्यादि का भय), अहंकार (क्षणिक तथा नाशवान वस्तुओं की प्राप्ति या उनपर अधिकार का गर्व), क्रूरता (अपने क्षणिक सुख के लिए दूसरे प्राणी या जीव को कष्ट देना अथवा मार देना) तथा द्वेष (विचार न मिलने पर

दूसरों से नाराजगी तथा उन्हें हानि पहुंचाने की चेष्टा करना) एवं ईर्ष्या (दूसरों की उन्नति देखकर जलना) इत्यादि अवगुणों का त्याग करके अच्छी आदतें तथा अच्छे विचार जैसे प्राणिमात्र से प्रेम, नम्रता, दया (दूसरों के कष्ट अथवा विपत्ति में उनकी सहायता करना) तितिक्षा, शुद्धि, धैर्य तथा आत्म संयम इत्यादि गुणों का विकास करना चाहिए, क्योंकि सन्यास का अर्थ जीवन में श्रेष्ठ मूल्यों के निर्धारण एवं उनके आचरण से प्राप्त व्यक्ति की आन्तरिक उन्नति है।

योगी पंडित मुर्लीधरन ने पूछा-

'कहिए, आप क्या जानना चाहते है?''

मिस्टर विल्सन ने कहा-

'मुझे आत्मज्ञान के बारे में जानना है?''

पंडित मुर्लीधरन ने कहा-''नेत्रों एवं वाणी से वह नहीं जाना जा सकता क्योंकि आत्मज्ञान बुद्धि का विषय नहीं है। इसे बुद्धि द्वारा नहीं समझा जा सकता क्योंकि बुद्धि सूक्ष्म शरीर का भाग है और 'जीव' अर्थात ईश्वर तत्व एवं आत्मा तत्व का संयुक्त रूप कारण शरीर का भाग है। अतः इस पर बुद्धि तथा चेतन मन का कोई नियंत्रण नहीं है। अतः (ईश्वर तत्व तथा आत्मा तत्व) कारण शरीर के ही दूसरे भाग जो अहं एवं अवचेतन मन के ध्यान भाग के संयुक्त रूप है, के द्वारा केवल उनकी अनुभूति (महसूस) की जा सकती है। परन्तु उसके लिए चेतन मन एवं दसों इंद्रियों का संयम (control) करने का अभ्यास करना होगा। जिसका मन पवित्र और शान्त है, वह ध्यान के द्वारा ईश्वर के दर्शन कर सकता है। चेतन मन एवं इन्द्रियों के संयम के लिए सांसारिक गतिविधियों से वैराग्य एवं मन से सन्यास ग्रहण करना होगा।''

मिस्टर विल्सन ने पूछा-

"तो क्या मुझे घर गृहस्थी त्याग कर भगवा वस्त्र धारण कर सन्यासी बनना होगा?''

पंडित जी ने कहा-

"नहीं! सन्यास तथा वैराग्य मन से होता है शरीर से नहीं। गृहस्थी में रहते हुए तथा निष्काम भाव से अर्थात केवल अपना कर्तव्य समझकर गृहस्थी की सभी जिम्मेदारियों को पूरी ईमानदारी से मन में वैराग्य रखते हुए, अर्थात यह सोचते

हुए कि यह कर्म तो ईश्वर की आज्ञा से अपने किसी स्वार्थ या लाभ की कामना न करते हुए मुझे करना है, करना चाहिए।

अध्यात्म ज्ञान प्राप्त करने के लिए आत्म संयम (self control) अत्यावश्यक है। उसके लिए सबसे पहले निष्काम (फल की इच्छा न करते हुए) कर्म करते हुए अपने कर्तव्यों का पालन करना चाहिए। इस प्रकार कुछ समय पश्चात चित्त (मन) शुद्ध हो जाता है तथा वह एकाग्र होने लगता है और वह तत्व ज्ञान को समझने तथा आत्म स्वरूप पर ध्यान केंद्रित करने योग्य बन जाता है। इस प्रकार इस संसार से वैराग्य उत्पन्न हो जाता है तथा मन में सन्यास भावना जाग्रत हो जाती है। इसलिए आत्म संयम तथा विचारों की शुद्धि, सदा प्रसन्नता, ध्यान और दान, प्रस्थिति प्राप्त कर्तव्यों का पालन और सांसारिक घटनाओं को गंभीरता से हृदय में न रखकर अनासक्त होकर ऐसा जीवन जीना चाहिए, जिसमें ईश्वर का स्मरण निरंतर और अखंड बना रहे। गृहस्थ मनुष्य के लिए यही वैराग्य तथा सन्यास है।

मिस्टर विल्सन ने पूछा-"यह आत्मज्ञान क्या है?"

पंडित जी ने उत्तर दिया-

"तीन योगों अर्थात कर्म योग, भक्तियोग तथा राज योग के बारे में ऋषि काक भुशुन्ड जी से आपने जान लिया अब योग की चौथी विधा के बारे में सुनिये जिसे 'ज्ञान-योग' कहा जाता है। इसके द्वारा ही 'आत्म-ज्ञान' प्राप्त होता है। वास्तव में मन के तीन विकार हैं- मल, विक्षेप और आवरण। कर्म योग के द्वारा मन को मल से रहित स्वच्छ एवं पवित्र किया जाना चाहिए। फिर भक्तियोग या उपासना द्वारा मन की विक्षेप या उसकी विक्षिप्तावस्था दूर की जानी चाहिए तब ज्ञान योग के द्वारा अज्ञान के आवरण को हटाकर ब्रह्म की उपलब्धि होती है। एक अच्छे ज्ञान योगी में भक्ति और कर्म की भी बराबर मात्रा होनी चाहिए।

ज्ञान योग का साधक सर्वप्रथम विवेक, वैराग्य, शम, दम, उपरति, तितिक्षा, श्रद्धा, समाधान और मुमुक्षुत्व इत्यादि से सम्पन्न होना चाहिए। आत्मज्ञान बुद्धि का विषय नहीं है। यह मन और बुद्धि दोनों से परे आत्मा की अनुभूति का विषय है। यह जीव का ब्रह्म के साथ एकात्मक भाव का गूढ़ ज्ञान है। वह अपरोक्ष रूप से अनुभूति द्वारा यह जान लेता है कि ब्रह्म ही उसका वास्तविक स्वरूप है।

श्रुति के अनुसार परविद्या या ब्रह्मविद्या द्वारा ही साधक को आत्मज्ञान या ब्रह्मज्ञान होता है।

मिस्टर विल्सन ने पूछा-

"ये श्रुति क्या हैं?"

पंडित जी ने समझाया-"श्रुति का अर्थ है- वह जो सुना गया है। हमारा सारा पुराना ज्ञान जिसे वेदों तथा उपनिषदों के रूप में जाना जाता है, चाहे सब श्रुति अर्थात अपने गुरु से सुन कर कण्ठस्थ किया हुआ ही था। बाद में जब लिखने की व्यवस्था हुई (पहले भोज-पत्र तथा बाद में कागज इत्यादि) तो इसे लिपिबद्ध भी कर लिया गया परन्तु ज्ञान को कण्ठस्थ कराने का कार्य बहुत बाद तक चलता रहा क्योंकि भारत में विदेशी आक्रमणकारी लगातार आते रहे जो पुरुषों की हत्या करके धन तथा स्त्रियों को लूट ले जाते थे तथा पूरी बस्ती में आग लगा देते थे। जिससे लिपिबद्ध ग्रन्थ नष्ट हो जाते थे तथा उनको कण्ठस्थ किए विद्वानों की हत्या हो जाती थी। इस कारण पुराने ऋषियों ने अपने गुरुकुल नगरों एवं ग्रामों से दूर घने जंगलों में बनाए तथा उन्हें सभी प्रकार के धन, रत्न, आभूषणों वस्त्रों एवं वैभव सामग्री तथा स्त्रियों से वन्चित फूस की कुटियों में बनाया गया जिससे कि आक्रान्ताओं का ध्यान उनकी ओर आकर्षित न हो। केवल गुरूओं की पत्नी एवं पुत्री ही ज्ञान प्राप्त करके विदुषी बन पाती थीं। अगर हम ध्यान से देखें तो पुराने इतिहास में उँगलियों पर गिने जाने लायक नाम ही विदुषी स्त्रियों के प्राप्त होते हैं।

लगभग पच्चीस वर्ष की उम्र तक ज्ञानार्थी शिष्य गुरूकुल में रहकर विभिन्न वेदों तथा उपनिषदों को प्रतिदिन ब्रह्ममुहूर्त में गुरु से सुनकर कण्ठस्थ करते थे। सामान्यतः एक समूह को एक ही वेद कण्ठस्थ कराया जाता था। साथ में कुछ सूत्र पुराण तथा उपनिषद् के भी कण्ठस्थ कराए जाते थे। कुछ समूह एक से अधिक वेदों (दो, तीन अथवा चारों वेदों) को कण्ठस्थ कर देते थे। अनत में पढ़ाई पूरी होने पर उनका द्विज (graduation) संस्कार होता था और वे द्विज या ब्रह्मज्ञानी होने के कारण ब्राह्मण कहलाते थे। द्विज या ब्राह्मण अवध्य (अर्थात उन्हें प्राण दंड नहीं दिया जा सकता था) माने जाते थे। उन्हें सम्पत्ति संचित करना निषिद्ध था (क्योंकि धन, सम्पत्ति के लालच में कोई चोर, डाकू या लुटेरा उनकी हत्या न कर दें) उनका कार्य पढ़ना तथा पढ़ाना, यज्ञ करना तथा कराना एवं दान स्वीकार करना एवम् उचित कार्य के लिए उचित पात्र को दान देना होता था। यहां यज्ञ करने तथा कराने का अर्थ जनहित के किसी प्रोजेक्ट या योजना को बनाना तथा राजा द्वारा उसे पूरा करवाना है। सामान्यतः द्विज, या ब्राह्मण को मन्त्री, न्यायाधीश तथा शिक्षक एवं कुल-पुरोहित का पद दिया जाता था परन्तु वे फिर भी अपना रहन-सहन बहुत सादगी वाला एवं विलासिता से दूर रखते थे। फिर भी समाज में उनका सम्मान सबसे अधिक होता था। उनकी स्त्रियां भी बहुत सादगी से रहती थीं

तथा अपना ज्यादातर समय भजन, व्रत तथा पूजा-पाठ में व्यतीत करती थीं तथा समाज की अन्य स्त्रियों को अच्छे संस्कार सिखाती थीं।"

मिस्टर विल्सन ने फिर पूछा-"यह ब्रह्मज्ञान क्या है? क्या ज्ञान भी कई प्रकार का होता है?"

योगी मुर्लीधरन ने एक क्षण सोचा फिर कहा-

"हमारे ऋषियों ने ज्ञान या विद्या को दो मूल भागों (basic divisions) मे बांटा है- परा और अपरा अर्थात परम तत्व का ज्ञान तथा लौकिक वस्तुओं का ज्ञान। परम विद्या या परम तत्व का ज्ञान ही आत्मज्ञान या ब्रह्मज्ञान कहलाता है। ऋषियों के अनुसार यही ज्ञान का अन्तिम सिरा है, जिस ज्ञान के बाद फिर और कुछ जानने को शेष नहीं रह जाता। पर विद्या वह है जिससे उस नित्य (हमेशा रहने वाला) एवं अविनाशी तत्व की प्राप्ति होती है जो वेद के शब्दों के परे (beyond) है अर्थात हम शब्दों द्वारा उसका वर्णन नहीं कर सकते। पर विद्या वह ज्ञान है जो साधक को स्वयं के अविनाशी रूप की पहचान कराता है। उस ज्ञान को प्राप्त कर अमरत्व अर्थात सब बन्धनों (मोह, माया, जन्म-मरण इत्यादि) से मुक्ति प्राप्त किया जा सकता है जो हमारे जीवन का मुख्य एवं अन्तिम लक्ष्य है।

अपरा विद्या की सीमा में लौकिक ज्ञान आता है जिसमें चारों वेद (ऋग्वेद, सामवेद, अथर्व वेद तथा यजुर्वेद) तथा शिक्षा कल्प, व्याकरण निरूक्त, छन्द और ज्योतिष अर्थात वेद के छः अंग जिन्हें षड्वेदांग कहा जाता है और वेद के सम्पूर्ण अर्थ और तात्पर्य समझने के लिए जिनका ज्ञान भी आवश्यक है, शामिल है। इन सबके ज्ञान को अपरा ज्ञान कहा जाता है। क्योंकि आपकी इच्छा आत्मज्ञान (परा ज्ञान) प्राप्त करने की है अतः इस अपरा ज्ञान के बारे में हम कुछ नहीं कहेंगे।"

मिस्टर विल्सन ने पूछा-

"हम सब प्राणियों की रचना कैसे हुई है?"

पंडितजी ने उत्तर दिया-

"इस अखिल ब्रह्मांड में करोड़ों प्रकार के असंख्य कण-तरंग उपस्थित हैं जो अपने-अपने ऊर्जा-स्तर (energy level) के अनुसार, अलग-अलग स्थानों पर कण-तरंग समूहों (quanta of particles waves) की बहुत बड़ी-बड़ी संख्याओं में स्पन्दन कर रहे हैं। इनमें ही अभी तक ज्ञान कण-तरंगों में सबसे अधिक ऊर्जा-स्तर वाले ईश्वर कण-तरंग है, जिन्हें ऋषियों ने 'परब्रह्म' कण-तरंग नाम दिया है। सृष्टि की रचना के आधारभूत कण-तरंग ये ही हैं।

सबसे पहले अपने से कुछ कम ऊर्जा-स्तर वाले आत्मा कण-तरंगों के साथ मिलकर यही ईश्वर कण-तरंग तथा आत्मा कण-तरंग का संयुक्त रूप (combination) जीव बनता है। जिन प्राणियों के जीव में ईश्वर कण-तरंगों की संख्या जितनी अधिक हो उन प्राणियों के बौद्धिक स्तर, अध्यात्मिक स्तर तथा जीवनी शक्ति उतनी ही अधिक होगी। ये दोनों ही 'कारण-जगत' के अवयव है एवं अविनाशी (un-destructible) हैं। अर्थात इन्हें नष्ट नहीं किया जा सकता। इसलिए 'जीव' को अविनाशी कहा जाता है।

अब इनसे कुछ कम ऊर्जा-स्तर वाले अहं (self) कण-तरंग समूह जीव रूपी ईश्वर कण तरंग तथा आत्मा कण तरंगों के समूहों से आकर जुड़ जाते हैं। इन तीनों के संयुक्त रूप को 'कारण शरीर' (causal body) नाम दिया जाता है, जीव तथा कारण-शरीर की एक स्वतंत्र इकाई (Independent Unit) के रूप में पहचान इस अहं (self) के कारण ही होती है। जिसे हम 'मैं' कहते है। वह यह 'अहं' का बन्धन ही जीव के दोनों अवयवों ईश्वर कण तरंग तथा आत्मा कण तरंग को एक दूसरे से जोड़े रखता है तथा अलग नहीं होने देता।

अब यह कारण शरीर बुद्धि के कण तरंगों तथा मनस्तत्व या मन के कण तरंगों जिन्हें सूक्ष्म-शरीर के अवयव कहा जाता है, से मिलकर एक नया शरीर बना लेते हैं जिसे 'सूक्ष्म-शरीर' कहा जाता है। इनमें बुद्धि तत्व के दो भाग-सहज बुद्धि और विवेक होते हैं। इसी प्रकार मनस्तत्व के भी मुख्य दो भाग-चेतन एवं अवचेतन मन हैं, जिसमें अवचेतन मन के चारभाग-स्मृति, ज्ञान, ध्यान और धारणा होते हैं। स्मृति प्राकणी द्वारा किए गए अच्छे तथा बुरे कर्मों को स्मृतिकोष में संचित करती जाती है। स्मृति तथा विवेक संयुक्त रूप से मिलकर काम करते हैं एवं उचित निर्णय लेते हैं।

ज्ञान तत्व जीव (ईश्वर तत्व तथा आत्मा तत्व का संयुक्त रूप) के साथ मिलकर जीव का ऊर्जा-स्तर बढ़ाता है। जैसे-जैसे प्रत्येक जन्म में प्राणी का ज्ञान बढ़ता जाता है उसके जीव का ऊर्जा-स्तर बढ़ता जाता है और मृत्यु के पश्चात उसका करण शरीर ऊर्ध्वगामी हो जाता है।

मन का ध्यान वाला भाग अहं से जुड़ा रहता है। अहं (self), अहंकार (ego) नहीं है यह कारण शरीर का भाग है जो ईश्वर तत्व तथा आत्मा तत्व को जोड़े रखता है तथा जीव को एक स्वतंत्र पहचान (Identity) प्रदान करता है। अहं को ही 'मैं' माना गया है जो इस भौतिक शरीर से अलग कारण शरीर का भाग है। मन का ध्यान वाला भाग सामान्यतः शांत एवं निष्क्रिय रहता है। चेतन मन के शांत

होने पर ही यह सक्रिय हो पाता है अवचेतन मन का धारणा वाला भाग विवेक एवं स्मृति के साथ जुड़ा रहता है और कर्मों का फल भोगने के लिए कल्पना द्वारा उचित शरीर की रचना में सहायक होता है।

बुद्धि के दो भागों सहज बुद्धि एवं विवेक बुद्धि में सहज बुद्धि वाला भाग सूक्ष्म जगत के कण-तरंगों से बना है तथा विवेक बुद्धि वाला भाग मनो जगत के (सूक्ष्म जगत के कण तरंगों के ऊर्जा-स्तर से अधिक उच्च ऊर्जा स्तर वाले) कण तरंगों से बना है।

इसी प्रकार मन के दोनों भाग चेतन मन तथा अवचेतन मन भी दो अलग-अलग जगत के कण तरंगों से बने हैं। जिनमें चेतनमन (के सभी अवयव) सूक्ष्म जगत के कण तरंगों से बने हैं तथा अवचेतन मन (के सभी चारों अवयव) मनोजगत के उच्च-ऊर्जा स्तर वाले कण-तरंगों से बने हैं।

इस प्रकार अब 'जीव' के पास एक सूक्ष्म शरीर भी उपलब्ध हो जाता है जिसके द्वारा वह एक भौतिक शरीर की रचना अवचेतन मन के धारणा वाले भाग की सहायता से धारणा द्वारा विभिन्न देवताओं का आह्वान करके कर लेता है। चेतन मन अपनी वासनाओं (इच्छाओं) की पूर्ति के लिए अपने पसंद के भौतिक शरीर (मन चाहे परिवार अथवा मन चाहे प्राणी) की इच्छा करता है। परन्तु मन का स्मृति वाला भाग एवं बुद्धि का विवेक वाला भाग मिलकर उचित निर्णय लेकर उसे भाग्य के अनुकूल शरीर की रचना करते देते हैं।

मिस्टर विल्सन ने पूछा-

" 'कारण' तथा 'सूक्ष्म शरीर' हमें दिखलाई क्यों नहीं देते?"

पंडित मुर्लीधन ने उत्तर दिया-

"ये दोनों ही उच्च ऊर्जा स्तर के तरंग कणों (High energy level wave particles) के बने हैं। के बने हैं। यह तो आप जानते ही हैं कि जैसे-जैसे ऊर्जा का स्तर (energy level) बढ़ता जाता है, तरंगों की तरंग दैर्घ्य (wave length) कम होती जाती है। इनमें से जिन तरंग कणों की तरंग दैर्घ्य (wave length) प्रकाश के प्रकाश के तरंग कणों की तरंग दैर्घ्य से अधिक होती है वे हमें सामान्य नेत्रों से दिख जाती हैं। उन्हीं (प्रकाश की तरंग दैर्घ्य से अधिक तरंग दैर्घ्य वाली) तरंग कणों से इस भौतिक संसार की रचना हुई है अतः इसे हम सामान्य आंखों से देख सकते हैं।

प्रकाश की तरंग कणों की तरंग दैर्घ्य से कम तरंग-दैर्घ्य वाला तरंग कणों को हम सामान्य नेत्रों से नहीं देख पाते। अतः 'सूक्ष्म शरीर' के ऊर्जा कण तरंगों का ऊर्जा स्तर (energy level) इस भौतिक शरीर के कण-तरंगों के ऊर्जा स्तर से बहुत अधिक होने के कारण उन्हें या सूक्ष्म शरीर को नहीं देख पाते।

कारण शरीर के कण-तरंगों का ऊर्जा-स्तर, सूक्ष्म शरीर के कण-तरंगों के ऊर्जा स्तर से भी बहुत अधिक होता है, अतः वे भी हमें नहीं दिख पाते। परन्तु इस भौतिक शरीर में सारी हलचल एवं चेतन्यता, सूक्ष्म शरीर तथा कारण-शरीर के कण-तरंगों के कारण ही होती है।"

पंडित मुर्लीधरन जी ने आगे कहा-

"अब मैं तुम्हें ज्ञान योग के अंतिम चरण 'निर्विकल्प समाधि' की क्रिया बतलाता हूं जिसके द्वारा अपने अन्दर स्थित 'ईश्वर' या 'परब्रह्म' को साक्षात्कार के द्वारा योगी जान लेता है कि वह स्वयं भी ईश्वर का अंश है, और यह साक्षात्कार ही उसके परा-ज्ञान की पराकाष्ठा या अंतिम सीढ़ी है जिसे जान लेने के बाद और कुछ जानने को बाकी नहीं रह जाता।"

पंडित जी ने कुछ क्षण सोच कर फिर कहा-

"निर्विकल्प समाधि की क्रिया प्रणव-प्राणायाम से प्रारंभ करना अच्छा रहता है। सबसे पहले शरीर मन तथा मस्तिष्क को तनाव रहित करके सुखासन में बैठना होता है। दृष्टि को दोनों भौंहों (Eye brows) के बीच केन्द्रित करके प्राण एवं अपान वायु का सम करके निश्चल शांत बैठना होता है, फिर चेतन मन की चंचलता को शांत करने तथा उसे विचार-शून्य स्थिति में लाने के लिए, उच्च स्तर से 'ऊँ ' का उच्चारण करते हुए प्रणव-प्राणायाम तब तक किया जाता है जब तक मन तथा मस्तिष्क में 'ऊँ ' की ध्वनि सम्पूर्ण ब्रह्मांड में गूंजती हुई प्रतीत होने लगे और चेतन मन में 'ऊँ ' के अतिरिक्त और कुछ भी ध्वनि तथा विचार न रहे। इस तरह विचार-शून्य स्थिति बन जाने से चेतन मन शांत हो जाता है या सुप्तावस्था में चला जाता है।

चेतन मन के शांत (निष्क्रिय) हो जाने से, अब अवचेतन मन का 'ध्यान' वाला भाग जो अहं (self) के साथ जुड़ा होता है, वह सक्रिय हो जाता है और अवचेतन मन का 'ध्यान' जीव (ईश्वर कण-तरंगों एवं आत्मा कण-तरंगों के संयुक्त रूप) की ओर उत्मुख हो जाता है जिसे अहं के कण तरंगों द्वारा ढका रखा गया है क्योंकि ये सभी (अवचेतन मन का 'ध्यान' भाग, अहं (self), ईश्वर कण तरंग एवं आत्मा

कण तरंग) उच्च आवृत्ति तथा कम तरंग दैर्घ्य की उच्च ऊर्जा वाली तरंगों के रूप में स्पंदन तथा दोलन करते रहते हैं अतः उनकी गति पर ध्यान को केन्द्रित करके ईश्वर तत्व के कण तरंगों की एक झलक पड़ने का इंतजार करना पड़ता है। अहं का पर्दा हटते ही, ईश्वर कण तरंगों का साक्षात्कार अलौकिक, आव्हादकारी सुखद प्रकाश के रूप में एक असीम आनन्द देने वाला होता है जो किसी भी भौतिक (शारीरिक) आनंद से हजारों गुना अधिक सुखद होता है अतः मन (ध्यान) उस आनन्द को बार-बार प्राप्त करने के लिए वहां से हटना नहीं चाहता और उसी अवस्था में बना रहना चाहता है, क्योंकि उसे अब और कुछ भी पाने की लालसा नहीं रहती।

शरीर तथा मन की इसी स्थिति को निर्विकल्प समाधि कहा जाता है इसी को ब्रह्म का साक्षात्कार कहा जाता है। अब साधक समझ जाता है कि वह भी ब्रह्म ही है तथा सभी जीव ब्रह्म के ही विभिन्न प्रतिरूप हैं और वह सभी प्राणियों में ब्रह्म के ही दर्शन करने लगता है।

मनुष्य के दुःख तब तक ही रहते हैं जब तक वह अपने अन्दर रहने वाले ईश्वर के दर्शन नहीं कर लेता। जब मनुष्य उस विश्व-नियंता का अपने अंतस् में दर्शन कर लेता है तो वह मनो विकारों से मुक्त हो जाता है और विश्व व्यापी ब्रह्म के साथ उसका सायुज्य (संयोग) हो जाता है। वह जान जाता है कि यह परब्रह्म ही सबको जीवित रखने वाला प्राण और उसमें दीप्त प्रकाश है। यह अनुभव कर लेने पर वह अपने आप में परमानन्द की उपलब्धि कर लेता है यही ज्ञान-योग का अन्तिम लक्ष्य है।''

मिस्टर विल्सन ने पूछा-

''और अधिक आध्यात्मिक ज्ञान मुझे कैसे प्राप्त होगा?''

पंडित मुर्लीधरन ने कहा-

''सारे आध्यात्मिक ज्ञान का सार (सूक्ष्म रूप में) महर्षि वे व्यास ने अपने ग्रन्थों महाभारत में योगेश्वर भगवान श्री कृष्ण द्वारा अर्जुन को उपदेश के रूप में लिखा है जो श्रीमद् भगवद् गीता के नाम से विख्यात है। आप उसका अध्ययन एवं मनन करें और उसके प्रत्येक श्लोक पर गहनता से विचार करें तब सांकेतिक (symbolic) रूप में लिखे गए प्रत्येक शब्द एवं वाक्य का अर्थ समझ में आयेगा बार-बार पढ़ने एवं विचार करने पर ही उन शब्दों का गूढ़ार्थ समझ में आता है।''

मिस्टर विल्सन ने पूछा-

"शब्दों के पीछे छुपे गूढ़ार्थ से आपका क्या तात्पर्य है?

कृपया कुछ उदाहरण देकर समझाएं।"

पंडित मुर्लीधरन ने कहा-

"जैसे आत्मा या जीवात्मा के बारे में कहा गया है कि इस भौतिक शरीर को चेतना वही प्रदान करता है तथा वह इस भौतिक शरीर से अलग इकाई है जिसे भौतिक शरीर का नष्ट कर सकने वाले भौतिक जगत के उपकरणों जैसे शस्त्रों, अस्त्रों, अग्नि, जल, वायु इत्यादि द्वारा नष्ट नहीं किया जा सकता। साधारण शब्दों में लिखी हुई यह बात हमें साधारण मालूम होती है, परन्तु यदि हम इसका कारण सोचें कि ऐसा क्यों है तो हमें इसका गूढ़ार्थ अर्थात् भौतिक शरीर और जीवात्मा की वास्तविकता हे बारे में पता चलता है।"

मिस्ट विल्सन ने फिर पूछा-

"ऐसा क्यों है? मैं नहीं समझा। कृपया स्पष्ट करें।"

पंडित मुर्लीधरन ने समझाया-

"क्योंकि भौतिक जगत के उपकरण, अस्त्र, शस्त्र, अग्नि, जल एवं वायु इत्यादि भौतिक जगत के सामान्य (कम) ऊर्जा स्तर वाले कण-तरंगों के सायुज्य (combination) से बने हैं तथा आत्मा अथवा जीवात्मा जिसे हम जीव कहते हैं वह ईश्वर तत्व? आत्मा तत्व एवं ज्ञान तत्व के अधिक ऊर्जा स्तर वाले कारण जगत एवं मनोजगत के कण तरंगों के सायुज्य (combination) से बना है। जिसे सापेक्षतः (relatively) कम ऊर्जा स्तर (low energy level) वाले कण-तरंगों (wave particles) के सायुज्य से बना कोई भी उपकरण नष्ट नहीं कर सकता।"

मिस्टर विल्सन ने कहा-

"ओह! मैं अब समझा हमें इसे वैज्ञानिक तरीके से समझना होगा तभी सारी बात स्पष्ट होगी।"

पंडित मुर्लीधरन ने कहा भारतीय आध्यात्मिक ज्ञान पूरा वैज्ञानिक ज्ञान है जो सांकेतिक रूप में सूक्ष्म में (in nut shell) लिखा हुआ है या गुरूओं द्वारा शिष्यों को रटा दिया जाता था। इस पद आधुनिक वैज्ञानिक तरीके से शोध (Research) की आवश्यकता है।"

इतना कहकर पंडित मुर्लीधरन ने हाथ जोड़ दिए और बोले-

"अब मेरा विश्राम का समय (Retiring time) हो गया अतः क्षमा चाहता हूं।"

यह सुन कर मिस्टर विल्सन और पंडित मक्खन लाल जी धन्यवाद तथा अलविदा (Good bye) कहकर कमरे से बाहर चले गए।

दूसरे दिन सुबह डॉ. हरीहर सिंह समय से लगभग पन्द्रह मिनट पूर्व ही पंडित जी के कमरे पर पहुंच गए। वहां उन्होंने देखा कि मृगराज वहां पहले से ही मौजूद है और पंडित जी के सामान बांधने में उनकी सहायता कर रहा है। लगभग पांच मिनट कुर्सी पर बैठकर वे उन दोनों को देखते रहे, तो उन्होंने महसूस किया कि मृगराज पंडित जी के साथ पिता-पुत्र जैसा व्यवहार कर रहा है। अतः उसी समय उन्होंने मृगराज को अपने घर पर पेइंग-गैस्ट के रूप में रखने का प्रस्ताव दिया जो उसने सहर्ष स्वीकार कर लिया और उन लोगों के स्टेशन रवाना होते समय दोनों के चरण-स्पर्श किए।

उपसंहार

वायुयान आकाश में बहुत ऊंचा चला जा रहा था और मिस्टर विल्सन सोच रहे थे कि यह भारत भी कितना विचित्र देश है। यहां पता नहीं चलता कि सामान्य सा सीधा-साधा दिखने वाला मनुष्य भी कितना ज्ञानवान हो सकता है क्योंकि यहां ज्ञानवानों को ज्ञान का अभिमान नहीं है इसीलिए बिना उनसे बातचीत किए उन्हें पहचानना मुश्किल होता है।

यह देश बाहर से कितना आधुनिक दिखते हुए भी अन्दर से कितनी विचित्रताओं से भरा हुआ है। यहां प्राचीन एवं अद्भुत ज्ञान का वह भंडार है जो विश्व के किसी दूसरे देश में नहीं है। जो प्राचीन पुस्तकों में सांकेतिक रूप में लिखा हुआ है जो हर आदमी नहीं समझ पाता और उन सांकेतिक भाषा में लिखी बातों का कुछ का कुछ अर्थ निकालता है।

यहां आकर सही ज्ञान वान आदमी से और ज्ञान पाने की मेरी इच्छा और बढ़ गई है और अब तो मुझे सही ज्ञानवान भी मिल गया है जो मुझे अध्यात्म का और ज्ञान देने को भी तैयार हो गया है। अतः यह नया ज्ञान प्राप्त करने के लिए मुझे एक बार फिर भारत आना चाहिए और वो भी निकट भविष्य में ही। यही सब सोचते सोचते मिस्टर विल्सन को नींद आ गई।

9 7 9 8 8 9 0 6 6 7 4 0 3